I0823437

El monte de las furias

FERNANDA TRÍAS

El monte de las furias

RANDOM HOUSE

Papel certificado por el Forest Stewardship Council®

Primera edición: enero de 2025

Printed in Spain – Impreso en España

ISBN: 978-84-397-4456-6
Depósito legal: B-19.325-2024

Impreso en Liberdúplex (Sant Llorenç d'Hortons, Barcelona)

RH 4 4 5 6 6

A la memoria de mi abuela Perla

«Y dijeron los Progenitores: ¿Sólo silencio e inmovilidad
habrá bajo los árboles y los bejucos? Conviene
que en lo sucesivo haya quien los guarde».
POPOL VUH

«Atravesar una metamorfosis significa
poder decir "yo" en el cuerpo del otro».
Metamorfosis, EMANUELE COCCIA

«Como los perros, siento necesidad de infinito».
Los cantos de Maldoror, CONDE DE LAUTRÉAMONT

Última hoja

El sonido de la pala, el vaivén del cuerpo. Un tiempo hendido por otras marcas. El peso de la carretilla impulsando el movimiento de la rueda y el tzzz de la tierra al derramarse en el hueco. El borde de la pala que abre, separa, levanta (el vaivén del cuerpo). La tierra que se mece en su cama de metal y cae (estable, gruesa, irregular). Una vibración corre por los brazos, atraviesa el mango de la pala, llega a la hoja y el filo penetra. Luego el cimbronazo vuelve a subir por la pala hasta las manos y el vaivén se torna lento, pausado. El cansancio se instala. Caen los grumos sobre el cuerpo limpio, el pelo desenredado, las uñas al ras, el perfume a jabón Rey mezclándose con el otro, a fermentación y a eucalipto, olor a ternero.

Un tiempo ya lejano. (Digámoslo así).

Pero hubo otra época en que creí que la montaña me había abandonado. Ahora recuerdo al Celador apenas como un insecto. Lo recuerdo con amor porque los insectos cumplen una función en el mundo: comerse lo que sobra, limpiar la podredumbre. La montaña no desperdicia nada. La montaña se sana a sí misma, manda a sus criaturas a limpiar la muerte. Se lame las heridas hasta que estas se conviertan en alimento.

No puedo extenderme mucho. Hoy volvieron las mariposas negras. Atraídas por la luz, se estrellan una y otra vez contra mi ventana.

Yo, que nunca había conocido la idea del tiempo como algo escaso, que nunca creí en el tiempo como una sustancia capaz de agotarse, estoy aquí (ironía de la vida) apurándome a llenar esta última hoja antes de que el sol despunte sobre el bosque de niebla. Los ladridos de la jauría, quién iba a decirlo, ahora me tranquilizan. Confirman que no me he quedado ciega y que la oscuridad que empuja al otro lado de la ventana es el color de la noche. En unos minutos, cuando los pájaros estallen en burbujas, sabré que se hace tarde.

Tengo que dejar mi casa.

Tengo que dejarla antes del amanecer, me dijeron. Vinieron de a cuatro a decírmelo, como si con uno no alcanzara. Pero ya voy a llegar a eso también. Antes quiero poner por escrito que las casas sí son cosas, porque cualquiera puede quitártelas.

Esta casa me dio el tiempo de entender el mundo. Mucho he pensado aquí y los cuadernos que llené sirven para demostrarlo. No pienso llevarme nada porque nada de lo que tengo va a servirme adonde voy. Ni siquiera los tallos de mi abuela, esos cogollos de raíces blancas que flotan en un frasco de agua espesa. Podría beber esa agua, que está allí desde hace treinta años, que fue puesta en ese frasco por las propias manos de mi abuela, y aun así sé que no moriré.

Nada de la montaña puede matarme. Alguien dirá: Los hombres sí, los hombres de la montaña pueden abrirte el cuello, pueden arrancarte los dedos de cuajo y cortarte los ojos en cruz con una Gillette, pueden hacerte comer tu propia lengua y por eso huis como una rata de monte. Tal vez, pero ellos nunca fueron de la montaña.

Las mariposas negras insisten contra el vidrio. Son las mismas que escoltaron a mi madre. Madre, te vi irte con la enfermedad a cuestas, mordiéndote la nuca. Si supiera dónde estás te contaría el secreto. Te mecería como se mecen las raíces para ayudarte a morir. Te subiría a la carretilla, te lavaría, te acunaría entre la tierra mojada para que sintieras, como yo, las caricias de la lombriz. Tal vez así te hubiera amado, como amé a los frutos de la montaña.

De chica te enseñan que hay que amar a la madre porque te dio la vida, pero vos no pediste nacer: saliste dando alaridos, con la cara roja de rabia. ¿Cómo explicarlo? Es como cuando hay un agujerito en una tela y vos metés el dedo una y otra vez para agrandarlo, para desgarrar despacio, y vos querés parar pero no podés, no es tu voluntad, es el dedo, la atracción del agujero que te empuja. Así mismo, la vida. Porque darte, la vida no te da nada, pero una se obstina en seguir viviendo.

La montaña

El primer recuerdo es negro. No negro como la noche, que contiene la inminencia del día, ni negro como el descanso del durmiente, que le teme a los sueños, sino de un negro compacto, desprovisto de pliegues y fisuras. Nada interrumpe ese negro: una oscuridad que no conoce más que a sí misma, incapaz de imaginar lo que nunca existió. Negro-negro como quien dice: soy. Negro como la certeza. Negro como los órganos, el río subterráneo de la sangre. Es el recuerdo más viejo de la montaña. Después hay otros: la montaña recuerda cuando era centro de la Tierra. No muerte, sino anticipación. No nacimiento, sino espera. Recuerda el roce de las lombrices —el latido de sus diez corazones— y no saber si era ella tocándose a sí misma. Recuerda las raíces de los arbustos, primero finas y superficiales, luego gruesas y profundas, creciendo como crecen las cosas vivas, abriendo la carne oscura con su filo, y no saber si era suyo ese dolor. Recuerda las grietas que la cuarteaban por dentro y no saber si era aquello la soledad. Entonces reinaban las aves, y ella cree recordar el sonido de sus alas a una altura en apariencia inalcanzable. Esbeltas como árboles, estables como ríos. Cuándo ocurrió todo, difícil saberlo. A veces le parece acceder a un tiempo primitivo e impreciso, como esas hojas cuya forma queda estampada en la piedra pero hace mucho que han muerto. Un hueco de sí misma. Otras veces la memoria se confunde con el presente y es como si la vida se repitiera.

Ahora ya no se siente blanda y expectante, sino áspera y vieja, la piel dura de tanta erosión, lluvia y alumbramiento.

Mira hacia abajo y ve: una mujer, una casa, un hombre. La mujer sube y baja; la mujer duerme. El hombre come; el hombre sube y baja; el hombre duerme. La niebla sube y baja; va envolviendo la montaña con su abrazo tenue, nada asfixiante, y luego cae a la tierra y se convierte en lo que siempre fue.

¿Cuándo apareció allí esa mujer? Imposible estar al tanto de todo, si ni siquiera en las noches el movimiento se detiene: allá en la punta ha nacido otro helecho; allá más lejos ha muerto otra liebre —se apresta a ser chupada por la tierra—. La montaña masticará sus huesitos de nada, sorberá el jugo de su carne. Pero todavía no. La podredumbre ya empieza a sentirse (ese también es el perfume de la montaña). Ahora las moscas huelen el cadáver a varios kilómetros y emprenden el vuelo. Llegan a poner sus huevos, que ya se convierten en larvas, miles de larvas blancas cubriendo la carne. Comerán hasta hartarse. Y luego vendrán los escarabajos de la muerte a clavar sus poderosas mandíbulas. El hervidero de insectos necrófagos le dará a la liebre una apariencia de movimiento. ¿Está viva la liebre mientras su carne se agita? Y cuando ya no quede más que un montoncito de huesos, quizá un resto de cuero duro, será el turno de la montaña. Ella hace todo eso y al mismo tiempo no hace nada. Es como los hombres cuando respiran: no necesitan pensamiento.

Los hombres están hechos de miedo; eso lo sabe la montaña. Mientras que ella está hecha de tiempo. Pero, ¡ah!, a veces le parece oler el mar, oír el embudo de las aguas al retirarse y la música de miles de caracolas, y sabe que ella también fue fondo oceánico. La mujer come; el hombre come. La mujer despierta; el hombre duerme. Son como una exhalación. Ellos se burlan de las hormigas, pero los hombres son apenas perros que mueven la cola en sueños. La mujer limpia; el hombre acarrea. Igual que la montaña tienen el vientre lleno de muerte. ¿Podrán oír por las noches el murmullo de haber sido agua?

La montaña se sabe eterna, aunque también va a morir algún día. ¿Cuánto tardará en volver a ser plana y árida como el desierto? He ahí un ave que lleva un pañuelo de seda en el pico. Sobrevuela la cima todos los días y cada vez que pasa la roza con su tela. El tiempo que le tome a ese pañuelo erosionar la montaña, ese es el tiempo de su muerte.

La montaña dice que no puede ser sino presente, aunque en sí misma contenga todo el pasado.

La montaña mira la ciudad roja: la gente no le incomoda, ha tenido otros parásitos. Se mueven seguros de sí, despreciando a los insectos y a los yerbajos. Son dueños de cosas: líquidos para atontar moscas, artilugios para aplastar cucarrones, olores que dejan tiesos a los mosquitos, polvos que ponen a babear a los roedores, venenos que dan vuelta el estómago de las bestias. Pero también tienen varas capaces de hacer explotar el pecho de sus congéneres, bolas de fuego que arrancan las cabezas de sus padres, hojas filosas que abren el cuello de sus hermanos, sustancias mágicas que arrancan la piel como la muda de una serpiente. Todo eso tienen, pero buscan más, necesitan algo. Son animales lentos.

Lo único que nunca muere es lo que nunca nació.

Primer cuaderno
La casa

Yo vivo en una casa chica.

Yo vivo sobre una montaña que es un bosque empinado.

Más arriba que el último edificio de la ciudad roja, más arriba que Pueblo Pobre y el caserío al que llamamos los Rurales. A esta altura ni el aire abunda y para respirar hay que parecerse al macizo: ancho y quieto.

El otro día le pregunté al Celador por qué no se construye un galpón de material ahí mismo en el descampado. ¿Para qué?, me dijo. Él duerme en la caseta de vigilancia donde trabaja y a veces ni siquiera abre el catre. Según él, un hombre puede dormir en cualquier lado.

Si las mujeres no existieran, dijo, tampoco existirían las casas.

Tiene razón, dije yo.

Mi casa es un cubo con techo de cemento corrugado y dos ventanas que miran hacia la montaña. La puerta se abre a un jardín que luego se empina hasta convertirse en monte cerrado, una muralla vegetal de troncos retorcidos, helechos colgantes, barbas que nacen de los árboles y, en la parte más alta, una cortina de niebla. Detrás de la niebla se esconden los venados y los zorros, que siempre imaginé como secretos y fugaces. Ellos no pisan la tierra casi, van patinando sobre el musgo. En el jardín cosecho algunas cosas, lo que no necesite mucha mano. Pero yo no siento que el jardín sea mi casa, sino un pedacito de monte que la montaña me presta para que cuide, peine y despioje.

Cuido los arbustos como si fueran la cabeza de niños prestados. No míos, no mis niños.

A veces pienso: las casas, ¿son cosas? Una casa es todo aquello que tenga techo. Por eso el Celador cuelga almanaques en su caseta. Fotos de ciudades, sobre todo, rascacielos y autopistas de ocho carriles.

Mi abuela había metido el jardín adentro de la casa. Ese sí era suyo porque crecía bajo techo y entre los muebles. Tenía buena mano para las plantas y por ahí había empezado todo. Una planta original, digámoslo así, de la que sacaba un injerto que metía en agua, de modo que por todos lados había frascos grandes y chicos donde iban naciendo más plantas. En la cocina los frascos se confundían con los de frutas en almíbar. Y si entrabas al baño encontrabas un frasco con un cogollo mirándote. Bajo el agua y tras el efecto del vidrio, las raíces se veían como dedos sin carne.

Mi madre tenía una casa hecha de plástico: el sofá cubierto por nailon para que nadie se lo ensuciara, los pisos con unos caminitos de goma por los que había que transitar. Toda la casa crujía. Al sentarte en el sofá tus piernas resbalaban sobre el nailon frío. Mi madre cuidaba mucho ese sofá. Se lo había regalado la señora del chalet para la que trabajó durante mucho tiempo.

¡Cómo amaba mi madre el plástico! Cómo adoraba la ciudad, donde hasta los cubiertos eran descartables. Se le hinchaba la cara de satisfacción ante una servilleta de papel. Reventaba de felicidad por un vaso de icopor, y si una baldosa la salpicaba con agua mugrienta, ella se sentía ungida. Le alegraban las máquinas, también, aunque no supiera para qué servían. Solo con ver los cogotes largos de las grúas recortados en el horizonte ya se sentía más llena.

Mientras las máquinas arrojaran su sombra calcinada sobre nosotras, mi madre podía mirarme y decir: Qué muñeca, qué cosa tan mona. Nunca volvió a decirme eso. Cuando nos subimos al pueblo, la maraña verde de mi abuela le daba asco, le caminaban bichos por las piernas. ¡Maleducada! ¡Contestadora! Yo hubiera deseado que se quedara en la ciudad con sus forros de plástico, si tanto le gustaban. Salías a mirar vidrieras y bien podías encontrar merengues como tostadoras o vestidos. Había de todo, y cada cosa se entregaba en su empaque de plástico correspondiente. A mi madre le parecía *muy práctico.* A mí me daba igual, pero sí prefería verla a ella contenta, soñando con la licuadora, que llorando porque la caja de huevos traía uno roto.

¡Ladrones!, decía, Me dieron el huevo roto, me pusieron la naranja podrida.

En el pueblo mi madre se fue encorvando, se enroscaba como un animal sin espina. Años de sentirse robada le habían atrofiado las vértebras. Un dolor sin nombre la empujaba hacia abajo, a la circularidad de un bicho agazapado. Y en el fondo anidaba algo, ¿qué?, esa sensación de estar siendo robada. ¡Me robaron!, decía. Aunque no los conociera, aunque nunca hubieran existido. Pero la habían robado, y el despojo era tan real como el crujido de su espalda baja.

Nada de esto le dije al Celador cuando me preguntó por mi madre:

¿Y su madre murió joven, entonces?

Al tiempito que mi abuela.

¿Y dónde están enterradas?

En el pueblo nomás.

¿Y por qué no va a visitarlas?

No sé, mucho trabajo.

Qué dice, si acá lo que sobra son horas.

Usted no sabe todo lo que tengo que hacer yo.

¿Sacarle la maleza a ese patio suyo?

Hay que estar siempre atenta, no vaya a ser.

Qué va. Si yo pudiera me iría lejos, pero lo único que hago es subir y bajar.

Es lindo tener certezas.

Mujer, para certezas la muerte.

Hay que cuidar bien las palabras, eso decía la maestra Nidia. Para ella, cuidar las palabras significaba no olvidar la hache ni confundir la ese con la ce. Digámoslo así: para la maestra Nidia, si no le ponías la hache a una palabra era como si la estuvieras obligando a salir sin abrigo. Miren cómo este «ielo» se está muriendo de frío, pobrecito. O decía: Esa muchacha «ermosa» salió despechugada, miren cómo le da catarro. Esa «desición» tiene los zapatos al revés. A esa «estasion» le pusiste dos zapatos izquierdos, la pobre, y encima salió sin sombrero. Para mí, en cambio, cuidar las palabras consiste en saber todo lo que una palabra trae colgando, como esos anzuelos que arrastran basura. Un jardín da la sensación de que se hizo para disfrutar y ser bonito, mientras que un patio trae colgando la palabra «trabajo», la palabra «útil». A un jardín se lo cuida para pasar el tiempo, mientras que a un patio se lo cuida por necesidad. Un jardín tiene setos, mientras que un patio con suerte tiene un manojo de tallos creciendo entre las grietas. Por eso le digo jardín al mío, porque «patio» trae colgando la palabra «baldosa», la palabra «gris».

Acá mismo, en la montaña, hay un bosque de pinos. Resalta como un parche oscuro y parejo. El parche se distingue del resto de los árboles que son de todo un poco, como personas sueltas, mientras que los pinos serían personas en uniforme. Están en la zona baja y no pertenecen al bosque de niebla, ensortijado y agreste, lleno de lianas y matorrales que se pelean por el espacio del otro, tallos que reptan hacia la luz por los troncos retorcidos de los árboles y flores que cuelgan de las ramas alimentándose del aire. El monte no pide permiso para subir y debe abrirse paso por donde pueda. Las raíces salen de la tierra, se enroscan en las ramas más bajas y todo forma una gran maraña de nudos impenetrables, excepto a golpe de machete.

Mucho se aprende mirando la montaña, aunque al Celador le parezca aburrido y me diga que él prefiere *toda la vida* mirar televisión. Tiene un televisor chiquito dentro de la caseta, uno de esos que es radio, pasacassette y televisión al mismo tiempo, y ahí se sienta a mirar lo que sintonice, que depende bastante del clima. Yo le digo:

Esos pinos parecen un grupo de gente amuchada.

Qué pinos, dice él, que ni eso ha visto.

Hoy estoy hablando mucho del Celador porque anoche me invitó a sentarme con él a mirar televisión y nuestras rodillas se rozaron. En la caseta apenas entra él —con su barriga como un paquete sobre las piernas—, la mesa del televisor y el catre plegable. Así que estábamos bastante apretados. Pasaban una película de telecatástrofe. Se llamaba *La avalancha* y trataba sobre una montaña de nieve, un pueblito donde la gente va a esquiar y casi todos son turistas. Algunos celebraban cosas importantes. Había un grupo de muchachos, por ejemplo, que festejaba su graduación, y una pareja pasaba su luna de miel.

Era de noche en la película y la avalancha temblaba, estaba por lanzarse ladera abajo y sepultar al pueblo, pero nadie lo sabía y seguían durmiendo como si nada. El Celador apagó la bombita de afuera. Todo a nuestro alrededor se había esfumado y la caseta flotaba como una nave en una especie de mar negro. La luz cambiante del televisor nos iluminaba las caras. Ni él ni yo mirábamos a ninguna otra parte que no fuera hacia adelante. Nuestras rodillas entraron en contacto y yo no podía escuchar nada de lo que decía la pareja en la oscuridad de su cabaña. Se habían peleado por algo y hablaban con rabia, sin saber que eso sería lo último que se dirían. Tic tic. El roce de nuestras piernas era un tipo de avalancha. Algo se nos venía encima y yo sorda, atenta a ese tic tic, porque nuestras rodillas no se rozaban todo el tiempo, sino de modo intermitente.

No pasó nada más. En la película sí, se murieron casi todos. Y a los pocos que rescataron los sacaron envueltos en unas mantas metálicas. Digo que no pasó nada más que ese roce, pero cuando subí a casa, envuelta en la negrura sin estrellas del cielo encapotado, me pareció que había dejado una pierna en la caseta del Celador, que mi rodilla izquierda seguía allá, en contacto con la de él, unida a la de él en su intermitencia.

Las ventanas de mi casa son defectuosas. Hay rendijas entre el aluminio y el material. Si tuviera cortinas las vería moverse cuando baja el viento del monte y me deja sorda con su chiflido. A veces el viento sopla tan duro que a su paso va raleando el pasto como si lo cortara una guadaña. La casa no es fría por culpa de esas rendijas. El frío crece al interior de las paredes y en las vigas del techo. Para sacarlo habría que desarmar la casa, partirla como a una rosca dulce.

Cuando llueve salgo al jardín y me paro bajo la lluvia. Abro la tapa del tanque para juntar agua y voy viendo cómo el cemento se oscurece gota a gota. Acá nadie usa paraguas. Solo abajo, en la ciudad roja, la gente sale con paraguas, y eso porque piensan que la humedad viene de arriba. Acá sabemos que la humedad sube de la tierra. Y quien anda con paraguas seguro no necesita las dos manos.

Más allá de mi jardín empieza el alambre, un cerco eléctrico con un portón del que cuelga un cartel de «Peligro». El rayo corta el triángulo amarillo en vertical. ALTA TENSIÓN, PELIGRO DE MUERTE. Esa inmensidad que comienza al otro lado, toda esa montaña protegida por un cerco rabioso de electricidad es lo que yo cuido. Mi labor.

¿Yo cuido la montaña o cuido el alambre? Nunca me dijeron.

A veces pienso que cuido esa inmensidad. Pero ¿de qué la cuido? ¿De qué la protejo?

Otras veces pienso que cuido el alambre, que estoy a cargo de la electricidad y de que nadie muera electrocutado. Pero la verdad es que nunca he visto un alma pasar por acá.

Para el otro lado, el opuesto a la montaña, la casa no tiene ventanas. Si las tuviera vería una gran bajada, como un precipicio, y allá lejos unas casitas sueltas, donde empieza Pueblo Pobre, y más abajo todavía, como un reguero enorme, todas las luces de la ciudad y las calles y los edificios rojos.

A la ciudad se llega por un camino largo que tiene partes: terreno destapado, asfalto roto, asfalto bueno y angosto, y asfalto bueno y ancho, donde empieza la ciudad. Yo vivo en el terreno destapado y el Celador vive donde empieza el asfalto roto. La caseta del Celador queda medio kilómetro más abajo de mi casa, en esa frontera que también cuida.

Él cuida el límite entre el terreno destapado y el asfalto roto. Yo cuido la montaña.

Somos los únicos trabajadores de la zona.

En Pueblo Pobre la mayoría de los hombres trabaja en la cantera. Antes no. Antes casi todos trabajaban en el hospital de locos. Mi abuela lavaba sábanas y batas. Las batas y las sábanas nunca perdían sus manchas porque los locos se hacían encima por las noches. No controlaban los esfínteres. En el patio del hospital mi abuela colgaba la ropa blanca y eso eran filas y filas de sábanas, filas y filas de batas, como muchas almas sin cuerpo. Incluso mojadas, se veían clarito las aureolas amarillas. Y aquello apestaba a cloro, hay que decirlo, pero las aureolas nunca desaparecían. En ellas yo veía mapas en relieve, islas, continentes. Mi abuela se pasaba horas en el sótano del hospital, donde quedaba la lavandería. Restregaba la ropa en cubos enormes hechos de cemento y el agua sucia salía por unas canaletas que daban a la montaña. Al costado del hospital se había formado un pantano de agua gris cubierto por una película aceitosa y tornasolada que olía a miles de animales muertos.

Mi madre no tenía trabajo. Era desgraciada y lloraba mucho, se iba enroscando sobre sí misma. Extrañaba la ciudad y la calma que le producía el plástico. Las monjitas la habían mandado a pasar tiempo con los locos. Yo la acompañaba por las mañanas cuando no tenía escuela. Nos llamaban «voluntarias», pero la verdad es que lo hacíamos por obligación. Nos sentábamos cerca de los locos, en unos taburetes sin respaldo, y mi madre les leía páginas de las Escrituras.

Al pueblo en ese entonces lo apodaban «el pueblo de los locos», porque para ahí despachaban a las gentes de la ciudad que habían perdido la razón. Los dejaban en nuestro pueblo y se olvidaban de ellos. En la ciudad le decían a los niños desobedientes: Mirá que te mando para el pueblo de los locos, y los niños se morían de miedo. Dicho así, pareciera que los locos andaban sueltos por las calles, pero no es cierto, apenas los dejaban deambular por el descampado que se abría detrás del hospital. No había ni un árbol en ese tierrero, o sea que cuando el sol pegaba fuerte los locos ni se enteraban que se iban achicharrando.

No era un hospital de locos, mujer, era un asilo.

Mi abuela le decía hospital.

Su abuela le decía mal.

¿Qué palabras trae colgando «asilo»?

En el hospital curan a la gente, en el asilo la acumulan.

¿Usted sabe para qué sirven los árboles?

¿Para qué van a servir? Un árbol sirve para estar ahí.

No señor. Un árbol es como una maquinita de limpiar aire. Y todo ese aire sucio que chupa, de la fábrica y de la cantera, lo convierte en tronco, lo convierte en rama.

¿Será?

Creo que no me expliqué bien: lo que dije el otro día sobre el bosque de pinos, *como personas en uniforme*, y por eso preferí sacarles una foto. Tengo una cámara vieja, marca

Kodak, alargada y negra como una caja de lápices. Es un regalo que me hizo mi madre una Navidad. A ella se la había regalado la señora del chalet. Mi madre quería venderla, pero yo insistí tanto que me la terminó regalando. La usé hasta que se acabó el rollo y nunca me enteré de lo que había sacado porque nunca lo llevamos a revelar. Mi madre no quiso gastar en eso. Con el tiempo me fui imaginando que las fotos que había sacado eran otras: paisajes increíbles, aves en vuelo. Los años pasaron y yo guardé tan bien la cámara que hasta a mí se me olvidó que la tenía. Vine a encontrarla después, cuando me subí a esta casa. Uno de los primeros encargos que le hice al Celador fue un rollo de fotos. Ya el primer día que subí supe que no bajaría más, que nunca volvería a ese pueblo miserable.

Ahora guardo la cámara entre la ropa de abrigo, para protegerla de la humedad, pero de vez en cuando la saco y la pongo sobre la mesa. La abro y la cierro. La limpio con una franela para que el visor no junte pelusa. Me gusta mucho mi cámara. Me gusta porque siento que en esa caja hay un montón de cosas interesantes que son como secretos, y ni siquiera necesito saber qué hay. Digo que me alcanza con que el secreto esté guardado adentro, aunque ni yo misma lo conozca.

Aquel día, cuando el Celador me trajo el rollo, subí por el terreno destapado a toda velocidad, y al llegar al jardín no me animé a sacar ninguna foto. Di vueltas por la casa nomás, con la cámara en la mano. Me dije que debía reservar las fotos para esas cosas que no pudiera explicarme bien, aquello que quisiera entender con el ojo (digámoslo así). Si algo puede explicarse con palabras, entonces no necesita foto. En el jardín me paraba frente a cada cosa y decía: ¿Puedo explicar esta planta con palabras?, ¿puedo explicar este escarabajo?, ¿puedo explicar esta campanita? Algunas fotos saqué, ya no recuerdo cuáles, pero siempre andaba tan preocupada con que se me acabara el rollo que terminaba reservando la mayoría. Y así el tiempo entre una foto y la otra se hizo tan largo que un día me olvidé de sacar, perdí la costumbre, y recién hoy se me ocurrió usarla para explicar estos pinos separados del bosque de niebla.

Esa es la foto que me gustaría pegar acá, si es que algún día revelo el rollo y le doy (digámoslo así) rienda suelta a esos secretos.

De vez en cuando la moto sube del pueblo y trae algunas cosas: pilas, algodón, fósforos, papel de diario. Sube a llevarles mercado a los Rurales y no siempre llega hasta acá. A veces oigo la moto como un pecho enfermo, el caño de escape que hace paf paf paf, pero solo llega hasta los invernaderos y da la vuelta. Cuando se acuerda, el estertor sigue de largo por el camino de asfalto roto, cruza el terreno destapado y sube hasta acá. Yo salgo a recibirlo y el muchacho me pregunta: Señora, ¿quiere algo? Y yo, si tengo plata, compro alguna cosa. Le digo: Si subís más seguido te doy propina, y el muchacho promete que sí, pero después dice: Es que el polvo me ensucia mucho la moto.

Visitas lo que se dice visitas, no tengo, pero cada tanto vienen las mujeres de Jehová. Traen unas revistas que siempre dejo en la cocina y después uso para prender la estufa.

Cuando ellas vienen, las hago pasar y digo:

¿Puedo ofrecerles té de ruda?

Porque la ruda la recojo del jardín, entonces digamos que me sale gratis. Tomamos té en el silloncito de la sala. Me llama la atención cómo se sientan, con los pies juntos, como empinados. Eso es lindo. Pienso: si ellas fueran tazas, serían de ese material muy fino que se descascara fácil. Esas tazas que, si las mirás a contraluz, se ven casi transparentes. ¿Pero las mujeres de Jehová son transparentes? Ellas me dicen: Tu padre te ama, tu padre te cuida. Y a mí me cuesta entender de qué me hablan porque nunca conocí a mi padre y mi madre nunca conoció al suyo y mi abuela tampoco.

Yo digo:

A mi padre lo mató una mina. Nunca lo conocí.

Y ellas dicen:

¿Pero no te gustaría conocerlo? ¿No te gustaría que te abrazara con sus brazos eternos?

Pienso: nosotras siempre nos cuidamos solas, pero digo:

¿Cómo extrañar algo que no se conoce y que tampoco se necesita?

La vida sin un padre es como un pañuelo usado, dice una.

La vida sin un padre es un tronco podrido, dice la otra.

A mí me gusta que me visiten las mujeres de Jehová. Entonces, cuando llegamos a la puerta les digo:

Voy a pensarlo, sí, me están convenciendo. Tal vez sí quiero verlo, a mi padre, tal vez sí quiero que me abrace.

Y ellas sonríen. Tienen los dientes tan lindos que parecen de mentira.

Mi padre tenía dieciséis años cuando me dejó engendrada. No quiso casarse con mi madre y, según él, nadie podía obligarlo. Entonces mi abuelo paterno le dijo:

O usted se casa o se hace soldado o yo mismo lo hago matar.

A mi padre lo mató una mina, durante un patrullaje del destacamento de Río Alba, pero mi madre dice que lo mató mi abuelo. Cuando llegó la noticia de su muerte, mi abuela paterna le dio un palo en la frente a mi abuelo. Le pegó tan fuerte que creyó que lo había matado. Mientras el abuelo yacía moribundo en el piso, ella agarró lo que pudo y se fue para la ciudad con mar. Allá se escondió y ni yo ni nadie supo más nada de ella.

Pero resulta que el abuelo no había quedado del todo muerto y muchos años después nos contaron que se había juntado con otra mujer y que tenía un hijo con ella. Le había puesto el mismo nombre que a mi padre, Arturo Benito. Para ese entonces mi abuelo rozaba los setenta. Eso nos contaron: que en su barrio lo llamaban el Bendito porque llevaba una cicatriz roja en forma de cruz en medio de la frente.

Mi madre rara vez mencionaba a mi padre, decía no acordarse de su cara. Pero a veces le gustaba pronunciar su nombre, como sobrecogida por una ausencia que nunca había conocido:

Ay, Arturo, Arturo, decía entonces, Ni aunque te mandara a engendrar cien veces, el viejo ese, le saldrías bueno.

Mujer, mañana voy para abajo, si quiere que le traiga algo.

Tráigame un tarro de kerosén, me hace el favor. Y un jabón Lux como el de la otra vez, que ya está hecho una lasquita.

Kerosén y Lux.

Y otra cosa, tráigame más papel.

¿Ya llenó otro cuaderno?

Casi.

¿Y cuándo me va a leer algo?

Son solo ideas sueltas.

Escriba una historia con mucha acción. Esas son las que más venden.

¿Cómo sabe eso?

Yo sé. Por cada página que alguien pasa, le dan un peso. Pero si su historia es quieta, es aburrida, entonces la gente pasa una o dos páginas y ahí se queda.

¿Usted se acuerda de cuando cerraron el hospital?, le pregunté.

Pero el Celador era demasiado chico en ese entonces, así que no se acordaba. Un día cerraron el hospital de locos y todos los del pueblo se quedaron sin trabajo. Se armaron grupos de protesta frente al edificio. Se reunían en las escaleras con carteles que decían «Somos el pueblo pobre». Mi abuela y otras mujeres gritaban que preferían ser el pueblo de los locos antes que el pueblo pobre, y así le fue quedando el nombre. Protestaron durante semanas, o tal vez durante meses, pero a nadie le importó porque el hospital ya estaba cerrado y ni un solo doctor vivía en el pueblo. Después aquella gente se enojó tanto que arrancó las puertas y las ventanas y entró a llevarse las camas de metal, los taburetes donde nos sentábamos las voluntarias y todo lo que quedara adentro. Ahí se vació de veras. Mi abuela alcanzó a llevarse algunas cosas que luego llamó las cosas de los locos: el banquito de los locos, el mantel de los locos y así así.

Al otro día llegaron unos hombres y arrestaron a los protestantes. Los hombres sabían quién se había llevado qué, aunque jamás hubieran puesto un pie en nuestro pueblo. Tenían papeles oficiales y nunca descubrimos cómo se habían enterado. Se llevaron a la abuela y la tuvieron detenida sin decirnos dónde. A los pocos días la dejaron irse.

La abuela volvió, pero cuando salíamos a hacer las compras señalaba a cualquiera que pasara y decía: Esa alcahueta fue, y después pasaba otra y decía: Esa siempre me tuvo tirria. Y después otra: Allá va haciéndose la mosca muerta. Y otra: Pone cara de boba nomás. Todas eran y ninguna era, y así mi abuela se fue llenando de rabia contra el pueblo entero.

El Celador dice que soy una mujer sola. Me preguntó por qué no tenía perros. Le conté de Perro Bravo, el cusco que me mordió la pierna. El Celador dice que esas son bobadas y que el próximo perro que aparezca por el terreno destapado marcha para mi casa.

Le dije que lo iba a pensar.

Pero en cambio me quedé pensando en Perro Bravo. Ya había mordido a otro chiquilín que andaba tirándole piedras y le magulló el lomo. A mí me mordió en el pajonal de atrás de la escuela. Ese no era su territorio, aunque él andaba suelto, y cuando un perro no tiene territorio enseguida todo se convierte en su territorio. Yo vagaba mucho por esos lados. Me inventaba historias como si el pajonal fuera un mundo. Los otros se burlaban de mí, que yo era rara y no sé qué cuartos. De pronto oí un gruñido y casi al mismo tiempo sentí el dolor en la pierna. Cuando lo vi, Perro Bravo tenía el lomo erizado y oscuro. Salí corriendo, con la sangre brotando de la pantorrilla, y al llegar a casa tenía la media marrón y estropeada. Mi madre me rezongó porque ese par de medias era el único bueno que tenía y me preguntó por qué siempre andaba metida en el peor lugar posible. Me dijo que era una palurda y que Dios la había castigado conmigo. Andá a saber qué le hiciste al animal. Un animal no te muerde porque sí. Enseguida pusimos la media en remojo mientras mi madre me curaba con alcohol yodado. No le cuentes a tu abuela, dijo, si no querés que te pongan la vacuna de la rabia. Para cuando restregamos la media, la mancha de sangre ya se había impregnado y no hubo manera de sacarla, ni siquiera con cloro. Mi madre me obligó a seguirla usando así hasta la Navidad siguiente. Para que aprendas a cuidar, dijo, Para que entiendas el valor de las cosas. Los colmillos de Perro Bravo me respiraban en la pierna como narinas furiosas, pero mi madre ya no estaba enojada y me dijo: Vamos a cantar para distraernos. Nos pusimos a cantar *jingles* de la televisión. *Glemo en mi cabello* y cosas por el estilo. Mi madre entonaba muy bien y tenía un pelo largo y negro que era la envidia del barrio. ¿Por qué no saqué tu pelo, mamá? ¿Por qué no saqué tu voz? Y ella: Vos sacaste cabeza, que es lo importante.

El Celador tiene razón. ¿De qué voy a escribir yo si no es sobre mis tareas: cocinar, barrer, limpiar, mantener la casa libre de montaña? Quiero decir, no dejar que la maleza baje demasiado y se coma el jardín, incluso la casa entera. La humedad, los hongos, los yuyos. El musgo que trepa por los postes del alambrado. Todo eso va tomando el lugar sin que una se dé cuenta, hasta que ¡zas!, el monte lo cubre todo. Yo sé. Lo he visto. Vi unas paredes ruinosas de lo que una vez fue una casa y de la que ya no sobreviven ni treinta centímetros de muros comidos por la vegetación. Queda allá abajo en la quebrada. Y dicen que ahí vivió alguien que se encargaba de cuidar alguna cosa. No pregunté qué: tal vez el espacio entre estas dos montañas, o tal vez la quebrada misma, que está hecha de agua pero también es tierra privada. Por acá todo es tierra privada, aunque no tenga cartel, y alcanza con que alguien haga el amague de instalarse que ya se aparecen los hombres del dueño.

Mi tarea es vigilar el cerco, ir hasta el portón, verificar que la traba esté puesta, que la electricidad no esté haciendo pic pic a lo largo del alambre. Si encuentro algún animal muerto, lo saco (si es chico) o le aviso al Celador. Entonces él viene con una bolsa negra y se encarga de lo que esté atascado. Si es preciso, machetea al animal y lo saca de a pedazos. Todos los días recorro el alambre hacia el norte y hacia el sur, hasta donde arranca la quebrada, y si veo algo raro le aviso al Celador. Él sube, patrulla un poco el alambre y, si le parece que amerita, agarra el wokitoki y llama a los hombres de la montaña. Hace poco, por ejemplo, el cartel de alta tensión se veía muy herrumbrado y torcido, el óxido ya empezaba a agujerear el metal.

Bajé y le avisé al Celador, y él vino con la caja de herramientas y puso uno nuevo.

Cosas así.

El Celador duerme de día. No se lo puede visitar en la mañana y a veces sigue dormido hasta las dos de la tarde. Yo bajo y lo veo despatarrado en la silla o en el catre, y es una lástima porque me tengo que volver sin hablar con nadie (por ahí cerca, agarrada con una piola, anda la vaca). Cada tanto, para no sentir que bajé por nada, aprovecho y levanto las colillas de cigarro que él deja desperdigadas afuera de la caseta. Me paso un buen rato recogiendo colilla por colilla entre el ripio, aunque a los pocos días ya esté sucio de nuevo.

Hoy bajé a visitarlo y no teníamos de qué hablar, ni siquiera me invitó a sentarme con él en la caseta. Estaba de malhumor porque la tele no sintonizaba nada. Movía la antena para todos lados y resoplaba. Al estirar las manos para acomodar la antena se le levantaba el buzo y dejaba al descubierto una porción de espalda, lo que llaman la espalda baja (digámoslo así). Yo me quedé atrás, mirándolo. Tenía un poco de vello en esa parte de la espalda, como una pelusa oscura que, si te fijabas bien, eran ricitos apretados. Él no hacía más que resoplar. La antena parece una V, pero aunque la estires al máximo igual es difícil que sintonice algo. Por eso el Celador le puso unos alambres en cada punta. Son como dos antenas muy finas que pueden doblarse de cualquier manera. Hoy, porque estamos dentro de la nube, tampoco con las antenas de alambre sintonizaba ningún canal.

El Celador seguía maniobrando y yo dale que le miraba la espalda. Hasta creí que el pantalón se le estaba bajando demasiado e iba a mostrar la raya que ya sabemos. Pero no (tiene un cinturón de cuero muy lindo, de esos que duran para toda la vida). En un momento pareció que iba a sintonizar, porque se oyeron unas voces, el hormigueo se organizó de pronto y aparecieron las caras de las presentadoras del noticiero.

¡Ahí está!, dijo el Celador. Pero en cuanto soltó las antenas las caras se fueron.

No hay remedio, dijo, y se sacudió las manos en el pantalón.

Yo no me moví. Me dio lástima que no sintonizara nada, porque era seguro que sin televisión tampoco íbamos a sentarnos dentro de la caseta.

El Celador dijo:

¿Qué me cuenta entonces?

Yo le dije que habían aparecido unos hongos rebeldes en la pared y que el muro andaba soltando humedad.

Habrá que volver a pañetar, dijo.

Me puse incómoda, avergonzada de no tener cómo llenar el espacio entre el Celador y yo.

Parece mentira, dije, una se descuida y zas, la maleza se come la casa.

Él movió la cabeza diciendo que sí, un poco aburrido, deseando que se fuera la nube y volviera la señal.

Hace rato no vienen las mujeres de Jehová, dije.

Esas viejas amargadas…

No es cierto. Son amables, son mujeres educadas.

La educación es el consuelo de las feas.

Ellas están casadas con Dios. ¿Sabe lo que me dijo una? «Yo estoy en una relación muy linda con el Señor».

Eso porque el señor nunca les vio el culo.

Me dio tristeza que en la montaña no pasaran tantas cosas como para tener algo de qué hablar, me refiero a algo distinto todos los días. Ahora, desde que volví, estoy escribiendo en este cuaderno. Ha ido anocheciendo y ni siquiera prendí la veladora. Me conformo con el reflejo del farol del patio que entra por la ventana. Suena muy lindo dicho así, farol (qué linda palabra), pero la verdad es que es solo una bombita pelada sobre la puerta. Hay una diferencia enorme entre las palabras y las cosas. A veces la cosa es más linda que la palabra, a veces al revés. Cuando digo farol (y me gusta decirlo mucho), pienso en un faro chiquito. Una luz que sirve para navegar la oscuridad de la montaña. La veladora, entonces, sería el faro que me guía por las páginas de este cuaderno. Pero no se puede comparar, veladora es una palabra fea.

Yo escribo porque sí, no porque haya pasado algo en mi vida sino por lo contrario, porque nada ha pasado y lo único que pasa es esto: mi lucha con las palabras, mis propios pensamientos.

El otro día el Celador me pidió que le mostrara el cuaderno y lo hojeó, recorriendo las páginas como admirado. Pero él no sabe leer bien, dijo, le trataron de enseñar en la escuela pero él faltaba mucho (trabajaba en la fábrica de vidrio). Entonces aprendió a medias.

Leo a los ponchazos, me dijo, y a mí me gustó esa idea, imaginarme los ojos que se chocan con las letras, así, a los ponchazos, como cayendo sobre ellas y tropezando con una h, una ü, una z, que son las más difíciles.

Hoy, por desgracia, no teníamos de qué hablar y ni se me ocurrió llevar el cuaderno. Después de un rato de estar ahí, como papando moscas, volví a casa. Le dije que iba a encargarme de los hongos y él contestó:

Mucha suerte con esa batalla.

Mientras subía por el terreno destapado pensé: si tuviera un perro, estaría demasiado acompañada.

Durante años, mi abuela y mi madre trabajaron limpiando casas. Las dos odiaban a sus patrones. Mi abuela decía que su patrón era un tacaño y hasta vigilaba que no le robaran lo que había tirado a la basura. Vigilaba cuánto comía mi abuela y guardaba en otro armario los productos importados. Mi abuela trabajó muchos años para ese hombre, hasta que él conoció a una mujer que se lo llevó a vivir a otro pueblo. Para entonces mi abuela ya era bastante vieja y se consiguió ese trabajo en la lavandería del hospital. A mi madre no le fue mejor. Un día la dueña del chalet la citó en un cuartito al que nadie entraba excepto la señora. Mi madre tuvo miedo. Sabía que en ese cuartito solo se decían cosas importantes. Y sabía que las cosas importantes por lo general no eran buenas. A mi madre le temblaron las piernas, me dijo. Temía que la echaran, porque en la ciudad roja las mujeres se peleaban por encontrar casa. Las máquinas habían empujado a mucha gente fuera de los ríos y de los valles. Había un montón de casas en la ciudad, pero también un montón de mujeres venidas de todos esos lados. Dentro del cuartito, la señora Gloria le dijo a mi madre que su esposo era un cochino, que le daba asco estar casada con un cochino así, pero también dijo: Desde hoy ya no trabajás en esta casa. Sacó un sobre de su escritorio y se lo extendió a mi madre. Mi madre nunca había visto tantos billetes juntos. Esa mujer, la dueña del chalet, fue la que nos regaló el sofá. Años después la señora Gloria se apareció por el pueblo a contarnos que su esposo había muerto y fue ella la que, al final, me hizo el contacto con los hombres de la montaña.

Mi abuela siempre habló con rabia de su patrón, pero mi madre nunca decía nada en contra del suyo y le siguió diciendo patrón incluso cuando ya no trabajaba en el chalet. Lo que mi madre hizo, cuando la señora Gloria le dio esa plata, fue comprarse un horno. Se compró un horno, se compró varios moldes de torta y un carrito con cuatro ruedas. El carrito era cosa seria. Hasta tenía enganchada una sombrilla que pasaba por un agujero (no había que sostenerla) y así podía seguir vendiendo sus tortas bajo lluvia o bajo sol sin tener que guarecerse. Empezó a salir por las mañanas y a veces no regresaba hasta muy entrada la noche. Una vez simplemente no llegó, pasaron las horas y recién a la madrugada apareció llorando. Le habían robado la plata y le habían robado los zapatos. Volvió con los pies todos cortados porque tuvo que caminar mucho, de noche, sin ver donde pisaba. Yo había estado esperándola en la ventana y la vi como un punto negro, como si la noche se moviera, con el carro blanco brillando delante de ella y la sombrilla plegada. Ni bien entró se largó a llorar en el sofá, y con cada temblor de ella el nailon crujía. No habló durante un rato. Después, cuando habló, dijo que menos mal no le habían robado el carro.

Yo soy bastante conversadora, pero mi madre me pegaba con la chancleta si abría demasiado la boca. No abras la boca, ¡chancha!, me decía, y zas, mandaba la chancleta. No era una chancleta de goma, de esas que pegan un latigazo corto, sino un sueco duro que te dejaba un machucón del tamaño de una piedra. A veces lo tiraba desde la cama y el taco me aterrizaba en la cabeza. Otras veces me pasaba cerca y yo oía el viento como un bólido rozándome la oreja. ¡Bocasucia!

Había que comer como si guardaras un secreto.

Había que reír sin mostrar la campanilla ni las muelas.

Había que hablar bajito.

Cuando me daba con la chancleta también amenazaba con sacarme de la escuela. Yo te voy a enseñar, decía mi madre, y hacía el gesto de lanzarme la chancleta. Pero no siempre la lanzaba, y yo tenía que ir adivinando. Si me tapaba la cabeza con los brazos y solo había sido un amague, mi madre soltaba una carcajada larga, burlona, y decía por lo bajo: Yo te voy a enseñar a vos, quedate tranquila que te voy a enseñar. Pero otras veces me la tiraba solamente porque sí, aunque yo estuviera callada en un rincón, y decía:

Mirá que te estoy mirando, atrevida.

Mi abuela no me dejaba ayudar en la casa. Me mandaba a estudiar, a forrar cuadernos, a sacarle punta a los lápices. O decía:

Buscá tres palabras en el diccionario y decime cuál son.

Mi madre sí me obligaba a cocinar, cuando vivíamos solas en la ciudad roja, y por eso le agarré tirria a la cocina. Tenía que pelar papas y zanahorias antes de que ella llegara del trabajo, y cuidadito si las pelaba gruesas. A los cinco años ya manipulaba cuchillo. Cuando nos subimos al pueblo, mi abuela y mi madre discutían por eso. Una me mandaba a hacer algo y la otra me decía que no lo hiciera, y entre el sí y el no yo iba viendo cómo arreglarme. Andá a hacer los deberes, decía mi abuela. Y mi madre: Vení para acá y ponete a barrer. Mi abuela decía: ¡No barras!, pero mi madre: ¡Parece mentira que ni una escoba seas capaz de agarrar! A mí se me rompían las cosas, se me quemaba la comida. Mi abuela decía que yo no había nacido para este mundo, entonces mi madre gritaba: Va a tener que aprender, porque yo no crío inútiles. O decía: Es una viva bárbara es lo que es.

Yo preparo cosas sencillas: hiervo papa, zanahoria, hago huevo duro o sopa de fideos chiquitos. Soy de comer mucho pan con manteca y azúcar, y tomo café con leche, también con bastante azúcar, porque el dulce despierta. Pero no tengo horno, me las arreglo con la hornalla. El de mi madre se vendió, igual que el carro de las tortas. Tras la muerte de mi abuela se vendieron las cosas de valor. Mi madre dejó la iglesia, se metió al dormitorio y desde ahí la oí llorar y después reírse cuando los hombres la visitaban. Yo tenía que sacar las botellas vacías que se iban acumulando en el cuarto en medio de la peste que despedían las cobijas, y cada botella llevaba, para mí, el nombre de uno de ellos: Vega, Alsina, Benítez, y así así.

Cuando la señora Gloria vino a vernos, mucho tiempo después, mi madre le dijo que yo no servía para nada, ni siquiera para la cocina, y ella le contestó que a veces podía ser una bendición.

La curiosidad es una urticaria mala, dijo la patrona, Haceme caso.

El Celador dice que en la ciudad roja la gente tiene una pastilla para cada cosa. Si estás cansado, te dan una pastilla, y si tenés ganas de llorar, te dan otra que te hace reír y asunto arreglado. En la ciudad hay pastillas que dejan a los locos mansos, pastillas para divertirse y pastillas que impulsan el pensamiento. Dice el Celador que allá tienen incluso unos recipientes de plástico, cajitas con los nombres de los días en las que ponen sus pastillas para cada cosa. Lunes, contento; martes, descansado; miércoles, pensar mejor, y así así. Yo hace tanto que no voy a la ciudad que no me acuerdo de nada. Tenía siete años cuando nos subimos a la casa de mi abuela y supongo que en esa época no habían inventado lo de las pastillas, si no mi madre tampoco se hubiera ido.

Lo de llorar, mi madre no se lo inventó en el pueblo. En la ciudad también lloraba. No había un día en que no le robaran algo: las tortas, la batea de plástico y hasta la espátula. Milagro que no le hayan robado el carro. De tanto llanto y de tanta desgracia fue que mi abuela tomó las riendas del asunto. Le dijo a mi madre: Marche para arriba, vamos, marche que usted no es buena para esta selva.

Y nos fuimos.

El Celador se llama Raimondi. Raimondi Guzmán. Es raro, porque tiene el nombre de apellido y el apellido de nombre. Cuando le pregunté, me contó que su abuela le había puesto Palurda a su hija menor. Palurda Guzmán. (La hija menor era la tía de Raimondi). No le conté que mi madre a veces me decía así, no quise que el Celador se riera o algo parecido. Más bien me quedé pensando qué lindo sería ponerles a los niños nombres de montañas altas, como Everest, Aconcagua, Nevado. ¿Por qué no? Si hay niñas que tienen nombres de flores, como Margarita, Rosa y Amapola.

Hay personas que tienen nombres tristes, como Soledad o Tránsito, y de a poco el nombre se les va metiendo adentro. Digamos que la niña nace muy acompañada, pero de a poco se va alejando de todo el mundo y cuando quiere acordar no tiene a nadie alrededor y se ha convertido en su nombre.

Yo preferiría un nombre de algo que quiero ser, como Bella o Felicidad, pero no me molestaría nada un nombre de montaña. Esperanza. Eternidad. También podría llamarme Blanca o Reina. Hay muchas posibilidades. En la escuela teníamos un relieve de las montañas hecho de plástico. La maestra Nidia preguntaba: ¿Dónde estamos nosotros? Y yo señalaba el costado de una montaña que bajaba un poco hasta formar un gran plato, como una fuente ancha: Aquí, aquí, pero me costaba entender que esa montaña era parte de un país, y que ese país era parte de un mundo con otros países y otras montañas.

Si te ponen un nombre raro tenés que cargarlo para todas partes y una se siente en la obligación de hacer algo importante para cumplirle al nombre. Si te ponen un nombre simple, de esos que están en todas las caras, corrés el riesgo de desaparecer y de convertirte en otra persona. ¿Qué Juan? El carnicero, el de la moto, Juan el hijo de los González, Juan el alto, Juan el gordo. Hay que estar aclarando porque se te puede confundir, o hay que estarle agregando algo al nombre porque sin ese algo significa muchas cosas. En cambio, Raimondi es un nombre que está en el medio. Ni muy muy, ni tan tan, digámoslo así. A mí siempre me llamaron con diminutivos: Nenita, Chiquita, y no por ser menuda ni mucho menos. Siempre fui grandota. Mi abuela, que era cómica a veces, me decía Tití, Momó, Lulú. Como mil nombres me había puesto, y la verdad es que me gustaban todos. Pero el Celador solo me dice «mujer».

Hoy lloviznó desde temprano. La montaña amaneció blanca, con los árboles de un gris deslucido. Después se instaló el viento, las nubes se replegaron hacia el bosque de niebla y más abajo empezó a clarear, con grandes boquetes azules que abrían el cielo. A eso de las dos me puse las botas y bajé a la caseta. La tierra se había anegado bastante y tuve que ir pisando despacio para no resbalarme. Sobre los charcos revoloteaban las moscas. Hace tanto que la tierra no alcanza a secarse que el agua se pudre y suelta olor a bicho y a pantano. Antes de la llegada de las máquinas era distinto, dicen, una podía saber exactamente cuándo terminaría la seca y cuándo empezaría la temporada de lluvias. Pero con las máquinas hasta la lluvia cambió.

Cuando llegué, el Celador estaba escuchando la radio. Allá no había llovido tanto y eso era siempre un misterio: qué clima podía estar haciendo en la caseta, qué clima podía estar haciendo en Pueblo Pobre.

El Celador bajó el volumen, pero en las voces alteradas se notaba el revuelo. Habían incautado un avión lleno de armas.

¿Y para dónde iba?

Para el Llano, dijo el Celador, y yo pensé que si querían ir para esos lados debían pasar sí o sí sobre nosotros, sobre la cima de la montaña verde, y que tal vez lo hubiéramos visto sobrevolar la casa, con ese silencio de los aviones, sin sospechar que iba lleno de fuego.

Raimondi, ¿a usted le pegaban de chico?

Lo normal, con la chancleta.

¿A usted le gustaba la escuela?

Esa maestra no servía para nada.

¿Qué dice? Era *muy buena* la maestra Nidia.

Era una puta.

¡No hable así de la maestra!

Se la llevaban para atrás del pajonal los gurises de sexto.

Está inventando.

Pregúntele a quien quiera. Todos debutaban con ella.

No le creo.

En serio, mujer. Le metían unas verguitas del tamaño de este dedo.

¿Le puedo pedir un favor?, dije, apurándome a cambiar de tema.

¿Cuándo le negué uno?

Saqué la cámara del bolsillo y se la mostré. Había terminado el rollo de fotos. Por la mañana saqué la última: un charco donde caminaba uno de esos insectos de patas muy finas y largas, que de tan livianos no hacen ni un huequito en el agua. En el charco se reflejaba una nube y parecía que el insecto colgara bocabajo del cielo.

¿Me lo puede revelar?

Él se alegró. Dijo:

¿Y por qué no me sacó una foto a mí?

Abrimos la cámara y metimos el rollo dentro de una bolsita. El Celador me advirtió que tal vez iba a tener que bajarlo hasta la ciudad.

A mí no me cuesta esperar, dije.

Si querés saber cuánto tiene alguien, mirá el sillón. Yo tengo uno muy parco, de dos cuerpos y sin almohadones. Es duro y no trae colgando ninguna idea de descanso. Para dormir ahí habría que ovillarse. Mi cama está justo al lado, así que tampoco necesito que sea blando. El de mi madre era otra cosa, tenía capitoneado. Si levantabas el nailon, veías los botones que hundían la tela y resaltaban lo mullido y cómodo que era.

No es lo mismo un sillón de dos cuerpos que de tres, y mucho menos si es en forma de ele. Eso te muestra que la persona pasa un montón de tiempo ahí, estirada y descansando las piernas. Mientras que yo solo descanso cuando estoy durmiendo y aun entonces siento una electricidad, como si mis piernas no estuvieran quietas sino temblando.

¿Por qué me temblarán así?, le pregunté al Celador.

Querrán irse a algún lado, dijo él, Si yo pudiera viajar no estaría acá sentado, eso téngalo seguro.

Abajo se extendía la ciudad roja como un tarro de pintura derramada. Se esparcía por el hueco del valle para luego regarse sobre las montañas de occidente. Con el cielo despejado podía verse todo, incluida la mancha de contaminación en el horizonte. No había ni un pedazo de cerro, del otro lado, que las casas no se hubieran tomado.

¿Y a dónde iría usted, si pudiera?, le pregunté.

A un lugar donde todo fuera gratis, dijo, comida gratis y buen clima, así no hay que dormir bajo techo. Uno se echa en cualquier lado y tiene cama. Dígame si no sería lindo. Y si uno no tiene que dormir bajo techo y hay comida gratis, entonces tiene la vida solucionada.

Después de eso me quedé imaginando que viajaba con el Celador, que un día le llevaba un paquetito, así como de huevos, y al abrirlo él se sorprendía porque encontraba unos boletos para ir a algún lado. Acá cerca, pensé, porque no me animo a ir muy lejos y quiero tener siempre los pies sobre la tierra. Tal vez a la ciudad con mar, adonde se fue mi abuela paterna. ¿Cómo sería estar con el Celador en otra parte? Recién me mataba de la risa imaginándolo en bermuda y gorrito de playa. Todo el rato con la pelusa de la espalda al aire, que ya no sería un misterio.

Son solo pensamientos.

En el fondo no me imagino viviendo fuera de esta nube.

La montaña no viaja. Excepto cuando el viento se lleva hojas y tierra, o cuando las semillas llegan en la panza de los animales que bajan a morir acá. Igual yo. Yo no viajo sino mediante estos pedacitos de mí que son los pensamientos. Pienso cosas y después las escribo en este cuaderno y ya está. No necesito más nada.

Cuando llegué de visitar al Celador saqué un banco y me senté afuera, en el jardín, mirando el pedazo de tierra que llamo huerto, aunque es poco lo que me crece entre tanta agua. Más allá se veían los tablones y el tejido del gallinero vacío, los tarros del comedero abandonados. Me senté y quise estar quieta. Era como si la conversación con el Celador me hubiera movido demasiadas partes del cuerpo y ahora necesitara darles tiempo de volver a su lugar. Me fijé en el tronco de la acacia, con sus muñones retorcidos y ásperos, las hojitas grises y duras que al nacer abrían la corteza como un diente en una encía nueva. Cuánto tiempo llevaría ahí, cuánto haría que nadie, ni yo misma, lo miraba.

Hoy volvieron las mujeres de Jehová. Las vi de lejos, subiendo por el camino destapado como dos figuritas. Tardaron mucho en llegar, tanto que hasta tuve tiempo de recoger la ruda, lavarla bien y poner el agua. Caminaban lento, desacostumbradas a la altura, y con ese caminado torpe de quienes trepan la montaña con zapatos de ciudad.

Lo que ellas hacen es tomarse un bus que las deja en Pueblo Pobre y de ahí van subiendo despacio, primero a las casas de los Rurales, donde nunca les abren la puerta (pero ellas lo siguen intentando), después a la caseta del Celador y por último a mi casa.

A pesar del frío que hace acá arriba ellas vienen con ropa liviana: una falda de paño gris hasta por debajo de las rodillas, un buzo de hilo del que asoman los puños y las solapas de una camisa blanca, y una gabardina finita. Por eso aceptan con tanto gusto el té de ruda y envuelven la taza con las manos. Los zapatos son serios, negros y de taco cuadrado. No sé por qué los mocasines son los zapatos más serios de todos, los que llevan las maestras, las enfermeras y también las mujeres de Jehová. Algo tendrán los mocasines, digo yo, una importancia modesta, una manera laboriosa de estar en este mundo, aunque siempre con un pie en un lugar mejor.

Cuando pude oír el crujido de sus pisadas salí a recibirlas, pero ya eran puro sonido, habían entrado en la nube. Después sí, llegaron. Una baja y la otra alta. Una un piscuí, la otra más acuerpada. Las hice pasar y se sentaron en el sillón con los pies juntos y un poquito de costado, como si se apoyaran en el borde para no ensuciarse la ropa.

Una dijo:

Vos que no tenés familia, que no tenés más que esta casa chica, ¿por qué no venís al Salón del Reino?

La otra dijo:

Vos que no tenés marido ni padre ni hijo, ¿por qué no te arrepentís de tus pecados?

Yo nunca voy a volver a ese pueblo, dije. Y después, como para suavizar la cosa: Tengo mucho trabajo. Tengo que vigilar la montaña.

Ellas no se rieron de mí, como hace el Celador, sino que se mostraron preocupadas. La alta tenía las mejillas coloradas. La baja miraba alrededor, como calculando si las paredes de esta casa podrían aguantar la llegada del fin del mundo. La alta dijo:

¿Y qué si te agarra el Armagedón en este lugar? ¿Qué hace una mujer sola acá? ¿Sin familia, a merced de los animales?

La otra dijo:

Vos que fuiste abandonada por todos, que ni la luna te mira, ¿por qué no saltás a los brazos del Señor?

Me dio la sensación de que se estaban enojando conmigo porque yo no respondía. Mis botas de lluvia habían quedado en la puerta, como siempre, y me había puesto las chinelas de entrecasa. Una de mis medias tenía un agujero muy pequeño en la punta. Yo sentía que las mujeres miraban el agujero, juzgaban el agujero, y no me podía concentrar en nada. Pensé: toda la vida me avergoncé de mis medias. Y ellas estarían pensando: mirá cómo vive, hecha un agujero.

La baja volvió a la carga:

¿Te imaginás el paraíso?

¿Dónde quedará el paraíso?, pregunté.

Acá mismo, en la Tierra.

¿Y qué ropa va a ponerse la gente en el paraíso?

En el paraíso no hará ni frío ni calor, dijo ella.

¿Irán desnudos?

Eso pareció incomodarlas, y también pareció que nunca lo habían pensado, porque se miraron como diciéndole a la otra «contestá vos».

La alta dijo:

La gente estará envuelta en un manto de luz.

Yo siempre me avergoncé de mi ropa, dije.

En el paraíso no existe la vergüenza.

Imaginate, dijo la baja, ¿Te imaginás a los corderos retozando con los tigres? ¿A los bebés jugando con los lobos?

Yo dije:

La montaña es violenta, pero no lo hace buscando beneficio propio.

Pero vos sabés leer, dijo la alta, Vos sabés escribir. Naciste para andar entre los que son como vos, no entre los arbustos y las espinas, entre las gallinas y los piojos.

Justo en ese momento se largó a llover, se oyeron las gotas como piedritas en el techo y yo pensé: ahora no van a poder irse. Pero dije:

¿Habrá montañas en el paraíso?

En el paraíso habrá todos los paisajes, dijo la alta, porque así es como el Señor se manifiesta, pero sobre todo habrá prados eternos y lagunas como espejos.

Debían de tener mucho frío, así que les ofrecí más té. Hice ruido en la cocina y tardé todo lo que pude. Tal vez hayan hablado de mí, pero la lluvia en el techo tapaba cualquier sonido.

Cuando volví con las tazas, las apretaron fuerte entre las manos. La nube arreciaba y me pareció ver miedo en sus ojos. Sentí que las mujeres de Jehová me culpaban por la lluvia, que pensaban mal de mi casa y que debía decir algo para justificar a la montaña.

La montaña es una fábrica de agua, dije.

Ellas movieron la cabeza y tomaron el té a sorbitos.

Ustedes no son de acá, ¿no? Tienen acento raro.

No, no somos.

¿Ustedes vienen de un lugar chato?

Sí, sonrió la alta.

¿De un lugar sin lluvia?

La baja se quedó pensando y dijo:

Allá la lluvia se anuncia, la ves venir desde lejos y podés resguardarte.

Acá es traicionera, dije yo.

La alta asintió, comprensiva:

Dios es honesto como un campo chato.

Cuando por fin escampó, las mujeres se levantaron y la baja sacó una revista de su cartera. En la tapa había una nube blanca y gorda, tan bonita que parecía una nube de juguete. Y de la nube descendía un gran haz de luz dorada, como una escalera resplandeciente que aterrizaba en el pasto. A lado y lado de la escalera se veían unas figuras diminutas: hombrecitos, mujercitas y niñitos, todos mirando hacia arriba.

¿Ese es el camino al paraíso?, pregunté.

Sí, dijo la alta, y señaló la revista, El camino es la palabra de Dios.

Las palabras son lindas, dije, pero difíciles de recorrer.

Así es, dijo la alta, mientras las acompañaba hasta la puerta.

Afuera el verde brillaba, hinchado por la lluvia, y se metía por la nariz.

Huelan el verde, dije.

Y ellas olieron.

La montaña

La montaña decidió convertirse en aldea. Construyó casas y se creyó pájaro; construyó túneles y se creyó oruga. El túnel dejó una cicatriz del tamaño de un árbol, un agujero imposible de cerrar. Está ahí como diciendo: no todo lo que se vacía puede volver a llenarse. En esa cueva ahora anidan las serpientes; los guácharos esperan la llegada de la noche. Un olor animal impregna la roca. Está ahí como diciendo: incluso tu herida puede convertirse en casa.

La montaña quería sentirse hermosa. Tuvo envidia de los picos más altos, que atraían las miradas; de las nieves eternas a las que cantaban los poetas; de los volcanes en erupción, furiosos y urgentes. Organizó una fiesta y se vistió de flores y colibríes. Mostró con orgullo las esponjas que absorbían el agua para convertirla en arroyos subterráneos (eran pompones, borlas de un vestido muy fino). El musgo rozagante, hinchado como un clítoris, convertía la roca en criatura de terciopelo. Y la fiesta, ¡la fiesta! Aquella alquimia que transformaba la nube en agua era una danza entre los frailejones y el cielo. Los gusanos se retorcían en aplausos; las libélulas batían sus alas iridiscentes; las abejas se enloquecían en zumbidos. Pero la montaña quería otra cosa —era tan esquivo su deseo—. Ansiaba la reverencia

de las estrellas,

pero al mirar al firmamento los astros le devolvieron sus ojos de luz muerta.

Imposible penetrar esa indiferencia, igual que era imposible para un insecto entrar en el aire. Algo cinchó de ella hacia abajo y vio las estrías en la roca, las grietas que otros llamaban fallas. Era como el ombligo de los hombres, la marca de que había nacido. Entonces la montaña quiso conocer el dolor. Le pidió al águila que le picoteara la cabeza, le pidió al buitre que le arrancara los ojos. Le pidió al topo que le perforara el vientre.

No sintió alivio ni ninguna otra cosa.

Todo esto la montaña ya lo había intentado miles de veces. Adolecía, y por las noches fantaseaba con la calma de las viejas cordilleras: su desapego de todo, incluso de sí mismas, mientras que los macizos jóvenes se empeñaban en proezas. Quería, por ejemplo, entender a los hombres. ¿En qué consistía el amor para ellos? Consistía en ser vistos. A veces alcanzaba incluso con ser mirados. ¿Y qué veía el que miraba? Casi siempre se veía a sí mismo, pero eso no cambiaba sustancialmente las cosas para el amante, que se buscaba en la mirada ajena. El hombre-que-no-era-visto se conformaba con eso, la mujer-que-no-era-vista agradecía su fortuna.

Pero ¿acaso alguien la veía a ella?

Los animales no contaban, porque eran la montaña misma, extensiones que brotaban de su aliento. Tampoco los árboles ni la lluvia ni las nubes. Los soles que aún no habían muerto la trataban con desdén. No había nada de ellos que pudieran reconocer en una simple montaña: eternidad insignificante. Los planetas, bah, tenían sus propias elevaciones, sus cráteres insondables. Mientras que los hombres miraban hacia la montaña y solo veían un obstáculo. Miraban hacia la montaña y veían un terreno a conquistar.

La mujer despertaba; la mujer dormía. Era modesta siempre, aun cuando estaba sola. Se encerraba en el baño para cambiarse de ropa; no quería que la montaña observara su desnudez. Le dolían las piernas, pero ella fingía no tener piernas. Le dolía el alma, pero se decía que el alma no era más que un charco. Se la veía trabajando en el techo de su casa, colocando ahí pedacitos de montaña para que el viento no se llevara las chapas y los trozos de nailon. Esas rocas no eran, para la montaña, más que minúsculos despojos, lascas de uñas muertas.

La montaña oía el deseo de la mujer como quien oye un zumbido lejano.

Abajo, en una casa mucho más modesta, el hombre dormía, el hombre despertaba. Cargaba bultos a los camiones nocturnos y tenía la fuerza de dos árboles, aunque los músculos empezaban a fallarle. Igual que las hormigas, recibía y cumplía órdenes. ¿Pero de quién? La montaña no cargaba nada sobre sus hombros, apenas el polvo que caía de la luna, mientras que las hormigas obedecían a otro cerebro mayor que dormía en el centro de su diminuta casa. Así el hombre, pensó la montaña.

Por la tarde lo vio bajar el camino roto hacia un caserío quieto. Iba inclinado hacia atrás para frenar el ritmo de su peso en la bajada. El hombre llegó al caserío y avanzó como si buscara su guarida entre otras ajenas. Iba ausente, sin dedicarle una sola mirada ni un solo pensamiento a la montaña, que lo conocía desde antes de nacer, e incluso más, cuando había sido un pedazo de rama seca. Frente a una de las guaridas una niña dibujaba con un palito sobre la tierra. Al ver al hombre, corrió a su encuentro. Él le sobó la cabeza: la miró, pero tampoco esta vez pudo verla. La niña se creyó vista, sin embargo, y se alejó contenta, sintiendo que el mundo se sostenía en su eje. Una muchacha salió de la casa, alertada por las risas de la niña. Se secaba las manos en un trapo. El hombre fue hacia ella y la besó, pero no vio más que el reflejo de sí mismo. Entraron a la casa.

Por la noche vio que la mujer, a la que un día llamarían la montañera, mataba hormigas junto a otro hombre. Este hombre no era grueso como un tronco, sino espigado y seco, aunque a los ojos de la montaña todos se parecían bastante. No como los árboles, pensó, cada uno inconfundible, con sus infinitas tonalidades, la espesura del follaje, la forma irrepetible de sus ramas. Las hormigas se deslizaban como un río lento entre las grietas del piso. Habían hecho su hormiguero bajo la casa. Las hormigas respondían al llamado; no creían caminar hacia la muerte. Eran felices sin saberlo: la única forma de felicidad que conocía la montaña. Cuando la mujer y el hombre terminaron de echar el veneno, ella se quitó la ropa. Él ya estaba sobre la cama, desnudo, aunque solo de la cintura para abajo, su miembro duro e inclinado levemente hacia el ombligo. La mujer lo vio, pardo, ajeno al resto del cuerpo, y desde allí sintió su olor a tierra y a bosta, a sudor atrapado en el enjambre del pubis. Cuando él le ordenaba que se lo hundiera en la boca, ella dejaba los ojos abiertos para inspeccionar ese paisaje espinoso, las ondulaciones de las nalgas contra el colchón, el abismo que se creaba en esa hondonada. El olor subía de ahí, como si en alguna parte hubiera muerto un animal. La mujer dobló la ropa con cuidado. El hombre le dijo: Vení, sentate acá, y ella lo cabalgó sobre la cama deshecha. Hubo un instante en que el hombre sintió que las hormigas se le morían por dentro, después olvidó, pero mantuvo los ojos abiertos, fijos en la mujer desnuda. Ella se creyó vista y tomó impulso para hincar más profundo la raíz del hombre en su vientre. Creyó que el placer era un llamado y al mirar hacia abajo vio incontables bolitas negras en el piso rodeando la cama como una mortaja.

Pero entonces ¿en qué consistía el amor para la montaña?

Segundo cuaderno
Veneno en la sangre

A veces pienso: nadie se acuerda de los caballos que murieron en las guerras.

O pienso: resignarse es como perdonar a la vida por adelantado.

Otras veces pienso: si tuviera que elegir una letra, elegiría la hache.

O pienso: la flor de nombre más lindo es alhelí. (Después pienso: no, la flor de nombre más lindo es azahar).

A veces pienso: un árbol lo único que pide es que lo dejen en paz.

O pienso: la montaña es un mapa de su propio cambio.

Todo esto lo pienso por las noches, cuando el ladrido de los perros baja y me desvela. Nunca vi a la jauría que se pasea en el monte. Me asusta, porque andan en grupo pudiendo andar solos. No son los únicos sonidos de la montaña, también están los pájaros nocturnos y los pajaritos del amanecer. Me gusta pensar en los copetones como pompas de jabón. Nosotras jugábamos mucho, de chicas, a ver quién soplaba la burbuja más grande. Aves, se ven muchas por acá. Que sean livianas no las hace iguales: el copetón tiene la cabeza atigrada y de tanto verlo una se olvida de que existe. Cuando arrancan a volar es como ver una lluvia de ripio. La mirla va por ahí con su ojo amarillo y más de una vez la vi picoteándole la cabeza a la torcaza: no soportan que les pisen el terreno. Y el atrapamoscas se parece a esas personas que son amigas de todo el mundo. ¿Quién no va a querer al atrapamoscas, que infla su pecho pálido como la piel de un enfermo y te ayuda con los bichos?

Anoche la jauría ladraba más de lo normal. Se ve que andaban más o menos cerca porque los oía clarito. Una afina mucho el oído viviendo acá. Estuve un buen rato acostada, con los ojos abiertos y los nervios rotos, tratando de adivinar a qué altura andarían los perros. Por momentos los ladridos se alejaban y yo decía: Se van, se están yendo, pero de golpe los escuchaba más cerca: Falsa alarma, y así así la noche entera.

A la mañana me levanté y me puse a desyerbar el jardín. Había llovido. Todavía quedaban jirones de nubes agarrados a la montaña. Aquí y allá subían columnas blancas como si alguien hubiera puesto a hervir cacerolas en los claros del bosque. Del alambre saqué un zorrillo muerto. Barrí hojas y combatí hongos. Tenía los dedos abultados de tanto meter el cepillo en el balde con cloro y raspar dale que va.

Le di la espalda a la montaña.

El sol no calentaba pero tampoco estábamos dentro de la nube y la línea oscura de la cima resaltaba contra el cielo blanco. Algunos gallinazos volaban en círculos: un animal grande habría muerto en el monte, y tal vez por eso ladrara la jauría. ¿Habría muerto uno de los suyos? Me daba rabia que esos perros estuvieran más cerca de la montaña que yo. ¿Qué comían los perros salvajes? ¿Quién los había puesto ahí?

¡Hay tantas cosas que yo querría saber! Y al mismo tiempo me digo: ¿Para qué querés saberlas? Vos no naciste para saber.

Los árboles nacieron para limpiar el aire. Absorben la mugre y la convierten en madera. El río nació para llevar el agua a lugares lejanos. Las frutas, para transportar semillas. Mi madre decía: Todos los días le rezo a Dios para que te nazca algún talento. O decía: No servís ni para tirarte a la basura. Pero a veces se despertaba blanda, como un muñeco roto sobre la cama, y decía: Andá a la escuela que allá te dan comida y capaz que hasta aprendés algo. Yo atravesaba el pajonal y llegaba a la escuela, y allá me enseñaron a leer, a escribir y a pensar en la ciencia. Sé, por ejemplo, que el mundo antes de ser mundo era un puño negro. Y sé que todo lo que está en el cielo es un reflejo del pasado.

Hoy era un buen día para hacer limpieza. El clima acompañaba. Saqué toda la ropa del armario y la sacudí, la inspeccioné en busca de hongos y polillas. Estaba fría pero sin plagas. ¿Por qué ya no hay polillas? ¿Qué pasó con las polillas que se alimentaban de la ropa? Antes ibas a la tienda y sentías clarito el olor a naftalina de los demás. A mí me gustaba meterme en el placar entre los zapatos amuchados, los bordes de las camisas rozándome la frente, la ropa importante enfundada en plástico, y quedarme oliendo la naftalina. Acá hay polillas, sí, pero distintas, grandes y de colores oscuros, las alas moteadas, el cuerpo de felpa. Son como ramas que vuelan. Mosquitos, una no encuentra por acá. Los mata la altura.

A veces pienso: las cosas tienen muchas vidas.

Todos esos zapatos aplastados en el placar, donde me gustaba meterme, habían sido de la patrona de mi madre. Ella se los regalaba. A algunos, decía la patrona, era nada más cambiarles la chapita y quedaban como nuevos. Y sí, si les mirabas el taco lo veías un poco abierto, como deshojado. Mi madre recibía todos los zapatos, así le quedaran chicos. Pero nunca los llevó a cambiarles la chapita, los guardaba por las dudas. ¿Son míos?, le preguntaba yo, y ella: Ya veremos cuando te deje de crecer el pie. Pero después murió la abuela y mi madre agarró todos esos zapatos y los vendió en la feria. Los colocó sobre una manta en el suelo, un par al lado del otro, como pies de personas invisibles, y si alguien se paraba a mirar uno, mi madre decía: Están como nuevos, es solo cambiarles la chapita.

Pasé buena parte de la mañana ordenando el galpón, donde se amontonan cacharros y herramientas. Rastrillos, tablas, fierros herrumbrados que no sé ni para qué guardan. Baldes, tarros de pintura vieja, palos comidos por la humedad, bolsas de clavos y tornillos, pomos de pegante seco. Y eso me hizo pensar: ¿quién vigilaba la montaña antes que yo?, ¿quién se encargaba del alambre?

Difícil creer que hubo alguien más sentado en esta mesa, durmiendo en este cuarto. Alguien que puso la mano en el mismo lugar donde yo la puse para abrir la ventana. ¿Qué cosas habrá sentido o pensado esa persona? ¿Y será que los pensamientos, como los olores, se quedan agarrados al lugar?

Ojalá la montaña hubiera nacido el mismo día que yo.

Yo conocí a un hombre, hace mucho tiempo. Él fue el que me recogió en el pueblo por orden del dueño de la montaña (a pedido de la patrona de mi madre) y me trajo a esta casa. Cuando me pasó a buscar no lo miré mucho. Me ayudó a subir las cajas a la camioneta, la bolsa de ropa y lo poco que había quedado en casa de mi abuela.

Subí adelante, y cuando estuvimos solos en la cabina me fijé en él. Era un hombre de varios colores. Ese día el sol pegaba fuerte y él llevaba una musculosa blanca y un buzo atado a la cintura. En los brazos noté la marca de unas mangas invisibles: la piel de los antebrazos tenía un color oscuro, muy tostado, mientras que los hombros eran más claros, del color de la tierra seca, y ahí donde los tirantes de la camiseta se movían para un lado y para el otro, había dos franjas de piel ardida. La cara, aunque la llevaba debajo de un sombrero ancho, estaba muy cuarteada. Se le notaba lo seco de solo mirarlo.

Me acuerdo de la sensación de ir avanzando por el camino de asfalto roto, ver cómo el pueblo iba quedando atrás (el pueblo cada vez más chico y la ciudad cada vez más grande: otra forma de entender que íbamos subiendo, aunque la montaña no cambiara de tamaño). Pasamos los ranchos de los Rurales, luego la caseta del Celador y, al cruzar al tramo destapado, las llantas empezaron a crujir y a soltar polvo. Nos envolvió una nube de tierra roja y así fuimos, rebotando para un costado y para el otro, las cajas haciendo ruido en la parte de atrás, hasta que llegamos al terraplén donde habían construido esta casa.

El hombre y yo bajamos las cajas. En esa época no había jardín, solo un pastizal que llegaba hasta la puerta. Me dio las llaves de los candados y me señaló lo importante (el galpón, el tanque de agua, el gallinero). Dentro de la casa el frío era la única presencia. Incluso con el sol duro que pegaba afuera, las paredes rezumaban humedad. Me pareció que el hombre analizaba el lugar, y sin embargo ya lo conocía.

¿Vas a vivir sola acá?

A mí me gusta.

Él se encogió de hombros.

Te muestro el portón, dijo.

Caminamos juntos. Lo que era hecho por el hombre hería los ojos. Lo que era hecho por la montaña relucía: las nervaduras de las hojas transparentándose como una sombra, la acacia llena de flores amarillas y un olor dulce a todos los frutos que no eran comestibles excepto para los pájaros. Daba la impresión de que el verde estaba de fiesta porque no había nadie para ponerlo en su lugar. Al hombre no parecía gustarle tanto. Iba haciendo gestos y soplando por la nariz cuando los bichitos le volaban directo a la cara. No los espantaba con las manos. Sus brazos largos, simiescos, pendían a los lados del cuerpo.

Acá tenés para entretenerte, dijo.

Y yo: De a poco y con paciencia.

Aún no había entendido la velocidad de la montaña. Incluso creyendo conocerla, no sospechaba que si la montaña se movía tan lento era justamente porque tenía todo el tiempo del mundo. Entonces pensaba que mi trabajo consistiría en avanzar con paciencia hacia un fin, cuando realmente mi trabajo era el de repetir un gesto. Mi tarea, iba a descubrirlo, consistía en deshacer el tiempo de la montaña. El triunfo, si se quiere, era hacerlo sin esperar nada.

El hombre me mostró el portón y el alambre. Señaló el cartel de ALTA TENSIÓN y dijo que nadie podía pasar por ahí, que si veía a alguien subiendo por el camino destapado o merodeando la montaña, enseguida chiflara. No me explicó más. No me dijo a quién chiflarle, pero luego supe que ese era el trabajo del Celador.

Al lado del hombre yo me veía bajita y me pregunté si para ser parte de la montaña habría que parecerse a ella (alta e imponente) o si sería al revés: que con el tiempo la montaña te iba transformando.

Cuando el hombre subió a la camioneta y arrancó, otra vez la nube de polvo le hizo de cortina. Dejé de verlo casi de inmediato y poco después también dejé de oír el motor. Me acuerdo que pensé: espero no desilusionar a nadie.

Ni por un segundo creí que volvería a verlo.

Pero el hombre se apareció un día y siguió apareciendo. Para entonces yo había acomodado mis cosas y hasta había desyerbado la parcela delante de la casa con la idea de armar un jardín. Trabajaba mucho, a la velocidad con la que trabajan quienes creen estar yendo a alguna parte. Al hombre le sorprendió que la casa estuviera tan limpia y soltó un silbido de asombro.

Me acuerdo clarito de la primera vez que llegó: se bajó de la camioneta y entró a la casa como si fuera su derecho. Ni siquiera me buscó con la mirada. Yo estaba cerca del portón, juntando basura del alambre (bolsas de plástico y envoltorios de comida que llevaban ahí quién sabe cuánto), y al verlo entrar a la casa pensé con alegría que ese hombre tenía derecho sobre mí.

Y así así, el tiempo.

Nunca sabía cuándo volvería a verlo, porque él se internaba en la montaña y desaparecía por semanas. Cuando ya me había cansado de esperarlo oía las llantas de la camioneta y siempre descubría alguna cosa nueva: una cicatriz, un moretón, un corte cosido a las malas. Él me decía: La montaña es un lugar peligroso. Pero yo pensaba: la montaña es el lugar de los que no tienen lugar.

En eso, él y yo éramos iguales.

El hombre iba y venía, siempre cambiando. Se internaba en el monte y salía distinto. Yo conocí el amor, que consistía en encontrar cicatrices nuevas en el cuerpo familiar. Había que mirar mucho, había que mirar bien.

Tenés el pelo largo, le decía.

Te afeitaste el bigote.

Y él: Te crecieron las espinacas.

Te floreció el pegamosco.

Cada vez que él volvía, yo pensaba: hoy voy a concebir, pero nunca lo hice, y luego entendí que mi vientre era infértil como la roca.

El día que lo supe, él dejó de venir. Es algo que no tiene explicación científica. Una caverna vacía, mi vientre. Mi vientre de roca. Duro, mineral. Pero así fue. El día que lo supe, él ya no volvió a aparecerse. Lo esperé durante meses. A veces creía oír las llantas en el ripio (pero era solo el ruido del deseo). Pensé que la montaña se lo había tragado, que le había abierto un tajo más grande que el corazón por el que los órganos se le habrían escurrido. Pero unos años después volví a verlo, vivito y coleante. Yo iba bajando hacia la caseta del Celador y vi la camioneta a lo lejos, en el camino de asfalto roto, con la puerta abierta y las intermitentes prendidas. Lo reconocí de inmediato, y aquel reconocimiento se sintió como un rayo que me atravesara el cuerpo. Él no alcanzó a verme, de eso estoy segura, pero yo no solo lo vi, sino que fue como olerlo, como sentirle la piel cascada bajo la ropa. Él (ciego de mí) subió a la camioneta, cerró de un portazo y las llantas derraparon un poco antes de arrancar a toda velocidad.

A mí nunca me enamoró la tristeza, aunque tampoco entiendo por qué la gente le corre tanto a la felicidad. Yo soy de un humor estable, digámoslo así. Hay algo en mi humor que se compensa a sí mismo. Si mi humor quiere alegrarse mucho, algo le dice que no tiene derecho. Si mi humor quiere estropearse demasiado, algo le dice que hay vidas peores que la mía. Solo muy rara vez me levanto como hoy, con la sangre envenenada, haciéndole asco a todo. Por eso friego y desbrozo espinas. Ese dolor simple me devuelve a la dimensión de las cosas.

Mi madre siempre andaba con el cuello de las camisas mojado. No se secaba las lágrimas. Las dejaba deslizarse mejilla abajo y había algo en esa humedad que le provocaba consuelo. A la ira la llamaba tristeza. Mi abuela era de fruncir la boca y podía quedarse callada un día entero sin dirigirte la mirada. A la ira la llamaba atropello. Todas nuestras vecinas andaban así, poniéndole otro nombre a su rabia. La llamaban cansancio. La llamaban mala suerte. La llamaban dolor de espalda. Si llovía la llamaban aguacero, y si salía el sol la llamaban bochorno. Yo en cambio me la pasaba tranquila en mi mundo del pajonal, buscando cualquier cosita que alguien hubiera perdido entre los pastos. Y todo lo que encontraba lo guardaba en una caja que me hacía sentir llena. Un día encontraba una horquilla, otro día, un botón o un encendedor Bic. Una vez hasta encontré una cadenita de plata.

Dice el Celador que solo alguien como yo puede vivir sola en la montaña. Pero yo no vivo en la montaña sino *con* ella, y esa diferencia es más que una palabra. Él no podría entenderlo, así que no se lo explico. Yo soy tranquila, sí, pero cada tanto, nunca sé cuándo ni por qué, se me sube el veneno a la sangre. Entonces necesito fregar, despellejarme los nudillos de tanto darle a la esponja y, si eso no funciona, arrancarme los padrastros con los dientes y masticarme las uñas. De chica me rascaba hasta sangrar, me tragaba un mechón de pelo que salía con piel y todo, o hundía los pies en la quebrada. Era como agarrar bien fuerte un cubo de hielo y no soltarlo aunque te estuviera quemando.

Me pasaba mucho con mi madre, cuando oía su llanto desde la pieza y entraba a consolarla. El aire hedía a cigarrillo y bastaba con entrar y salir para que la ropa te quedara impregnada.

No llores, mamá.

Le pasaba la mano por el pelo y le tapaba los pies con la frazada, pero por dentro había empezado a creer que sería mejor si ella también estuviera muerta.

Con el movimiento de la mano mi madre se iba adormeciendo y en cada cenicero quedaba un pucho prendido. Yo los apagaba con cuidado de no aplastarlos demasiado, porque después ella me daba con la chancleta. Decía que le estropeaba las cosas.

¿Quién te dijo que estaba durmiendo, atrevida? ¡Solo había cerrado los ojos!

Pero si el veneno se me alborotaba en la sangre, llevaba un pucho a la cocina y me lo apagaba en la pierna. O me lo apagaba en la cintura, debajo de la camiseta. Siempre en algún lugar oculto. El tiempo se dividía en bueno y malo (digámoslo así), y yo sabía que se trataba de un tiempo bueno cuando las quemaduras anteriores habían alcanzado a sanar antes de que hubiera otras.

Lo primero fue el ataque de la abuela.

Desde que el hospital de locos había cerrado, mi abuela lavaba y planchaba para afuera. El ataque le dio mientras fregaba en el piletón del fondo. Cayó con la cabeza dentro de la palangana y fue así que un vecino se dio cuenta. En la enfermería la abuela despertó con la mitad del cuerpo paralizado. Si intentaba decir algo, las palabras le salían como a una débil mental. Quería decir «agua» y decía «agujero». Quería decir «hambre» y decía «alambre». Reírse no podía más que con el ojo: lo estrujaba y volvía a abrirlo. Supuraba lágrimas que le dejaban la piel húmeda y brillante. La mano del lado encogido parecía un garfio. ¿Cómo iba a seguir trabajando con la mano así? Mamá le dijo: Dios nos va a ayudar, que era como decir: Ya se nos va a ocurrir algo.

Ese fin de semana se habló mucho de transferir a la abuela a una clínica de la ciudad. Como la ingresaron un viernes, el doctor no la vería hasta el lunes. Pero el domingo en la noche la abuela tuvo el segundo ataque y nadie pudo salvarla. Las enfermeras dijeron: Pobrecita, mejor así. La sangre se le había derramado en el cerebro. Esa noche no nos explicaron mucho, teníamos que esperar, y al otro día, cuando llegó el doctor de la ciudad, nos llevó aparte y nos explicó que el cerebro no podía reabsorber tanta sangre. Me acuerdo que pensé: igual que la tierra cuando se anega. Pero mi madre agarró al doctor de la túnica y le dijo: Si se la hubieran llevado a la clínica se salvaba (mi madre tenía mucha fe en la ciudad roja). El doctor tomó la mano de mi madre y la retiró con delicadeza, como hace la gente de ciudad para sacar una araña, que usan un papelito, y le dijo: Señora, estaba muy disminuida. Al rato otra enfermera nos habló suave, con ganas de enmendar al doctor: Se salvó de quedar hecha un vegetal, dijo, y más tarde, porque mi madre lloraba mucho: Allá ni siquiera hay camas, señora, y quién sabe si resistía el viaje.

Lo segundo fue el funeral.

Las mujeres vinieron con bandejas de comida. Pastel de atún, croquetas, ensalada de chaucha. Se sentaron alrededor del cajón como si fuera una fuente y comieron. Las patas flojas de las sillas bailaban y ellas comieron hasta que no quedaron más que migas. Se chupaban los dedos, las comisuras de los labios brillaban de aceite. Después metieron las bandejas en bolsas, las anudaron bien y las dejaron bajo las sillas para que nadie las viera. Comentaban cosas como que la abuela equivocaba las palabras. Que en lugar de «mano» decía «mono», que en lugar de «trabajar» decía «barajar». Fue ahí, en el funeral, que sentí esa urticaria rara, las ganas de arrancarme alguna cosa. Esa misma noche, bajo las frazadas, empecé a hacerme quemaduras chinas. Tenía que frotar cien veces o hasta que la mano se despellejara. Después, con el tiempo, eso dejó de funcionar y tuve que buscar otros dolores.

A veces el veneno llega y pasa, como pasan algunos nubarrones sin soltar ni un chubasquito, pero otras veces se empantana durante un tiempo que pierde su manera lógica de contarse. Y como cualquier agua estancada, el veneno también suelta hedor y se convierte en la tumba de muchas cosas pequeñas.

Yo nací con el cordón alrededor del cuello, nací casi ahogada. Esa historia me la contaba mi abuela cada tanto.

Te salvó la partera, decía.

Contámelo de nuevo, le pedía yo.

Saliste con la cabeza azul y el cuerpo hinchado como uno de esos perros muertos que bajan por la quebrada.

O podía decir:

Te hubieras visto, pobrecita, saliste como un bejuco, larga y sin alma.

Por un minuto el oxígeno no entró a mi cuerpo, y si aún pudiera recordarlo sabría cómo es la muerte. A veces pienso: si una está afuera de la madre pero no ha dado su primer respiro, ¿está viva o está muerta? Técnicamente no había nacido, y ese minuto, dice mi abuela, me afectó la sangre.

Mi abuela decía un montón de cosas. Decía:

La sangre es el alimento de los órganos.

O decía:

Lo invisible es solo una sombra del pensamiento.

Hoy pienso que ese fue el comienzo de todo. Al nacer, ahorcada con el cordón que me unía a mi madre, la sangre se me envenenó y ya no pude amar el mundo.

Mi abuela no sabía leer ni escribir, pero había aprendido muchas cosas de tanto conocer personas. Decía, por ejemplo, que las mujeres llevamos un precipicio entre las piernas y que los hombres no se atreven a mirarlo por miedo a querer saltar.

¿Y qué hacen las personas con todo lo que les da miedo?

¿Se van?, arriesgué.

No, no se van, lo destruyen.

La abuela estaba ahorrando para mi cumpleaños de quince, aunque todavía faltaban dos años y medio. Fuimos a la peluquería a probarnos el peinado y ella metió la cabeza adentro de un casco de metal. A mí me lavaron el pelo en una palangana. La señora me dijo: Echá la cabeza para atrás, y yo lo hice hasta que me dolió el cuello, pero el agua me corrió igual por las orejas y me empapó la camisa.

¡Qué lindo es que te toquen la cabeza!, dijo la abuela después, pero a mí no me había gustado.

Yo sentí vergüenza. Ese masaje me hacía una cosquilla que reverberaba en partes prohibidas del cuerpo. Me pareció que la mujer me estaba desnudando ahí, en la palangana, delante de todo el mundo.

Al final mi cumpleaños de quince no se hizo porque a la abuela le dio el ataque. Mi madre usó los ahorros para pagar el funeral. Dijo:

No quiero enterrarla en un cajón de pino.

Cuando el veneno me sube a la sangre me cuesta levantarme de la cama y, en las noches, también me cuesta dormirme. Hay días en que ni siquiera lo intento. Doy vueltas sin sentido por la casa. No cocino: el veneno mismo se convierte en mi alimento. Apenas mastico alguna cosa sólida y me la paso tomando café con leche, que llena y no da trabajo. Caminar hasta el portón se me hace difícil y ni qué hablar de arrancar la maleza que crece alrededor de los palos, estar todo el día agachada, dándole al machete, y por las noches soportar los sueños: a cuál más raro, a cuál más vívido.

Esta mañana no entraba casi luz de tan negro que había amanecido. La escarcha dibujaba viboritas blancas en el marco de la ventana. Difícil explicar el frío de la montaña. El frío abre, taja, entumece. Pero también quema, arde, punza. ¿Cómo hace todo eso una sola palabra? Y de qué sirve que yo escriba «el frío me corta la cara», si las letras no tienen cara, si el papel no brilla como el acero.

Todo es un decir.

A veces, cuando pienso en las fotos veladas, digo:

Tengo doce cajitas.

Me gusta pensarlo de ese modo, no como algo que me falta sino como algo que tengo: doce cajas blancas, y en cada una hay algo (secreto), algo (escondido), detrás del velo de luz. Cuando el Celador me entregó las fotos dentro de un sobre, me dijo: Se le velaron, pero hubo que pagarlas igual.

Qué cosa más triste, pensé, yo creía que había algo y no había nada. Estuve a punto de tirarlas a la basura, pero después me dio lástima y las guardé. Dentro del sobre metí las doce fotos blancas y el negativo, una cinta translúcida. Me quedé pensando todo el día en eso, pero en la noche empezó a instalarse una alegría: así nadie va a ver lo que vi yo.

Al otro día busqué las fotos y las puse una al lado de la otra sobre la mesa. Cada una fabricando su misterio.

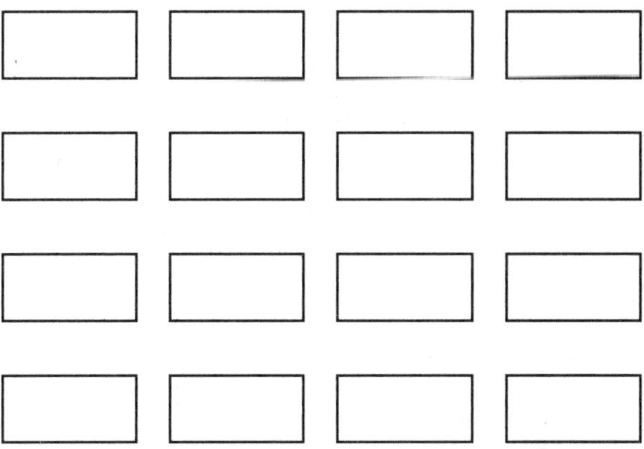

Y adentro de cada una yo podía meter lo que quisiera, porque lo metía con la mente (digámoslo así). Podía imaginar paisajes mucho más impresionantes que los que yo misma había sacado, imágenes aéreas desde lo alto de una cima, donde solo las aves rapaces iban a posarse.

Ahí tengo todavía la cámara con el rollo nuevo que me regaló el Celador (fue cuando los hombres de la montaña le pagaron el bono), pero ya ni ganas me dan de usarla.

Anoche soñé con la maestra Nidia. A la maestra Nidia le gustaba decir: En los libros están las respuestas, y me mandaba a un mueble al que llamábamos la Biblioteca del Saber donde guardábamos los libros donados. Eran viejos y algunas páginas estaban sueltas, metidas dentro del libro para que no se perdieran, y casi siempre tenían muchas láminas. El Libro de Anatomía Ilustrada, la Enciclopedia Botánica o el Libro de Dar Vueltas al Mundo en Pocos Días (ya ni me acuerdo). Yo iba hasta el mueble, agarraba uno y lo abría sobre el pupitre. Ahí trataba de aprender todo lo posible, de llenarme los ojos (digámoslo así). Y si la maestra Nidia me preguntaba: De grande ¿qué te gustaría ser?, yo decía: Científica. Entonces la maestra levantaba las cejas: ¿Científica? Para eso hay que estudiar mucho.

El Libro de Anatomía Ilustrada tenía dos personas dibujadas por dentro y un cartelito que decía: Hombre, Mujer. De cada parte del cuerpo salía una flecha que apuntaba al término científico y las palabras rodeaban el dibujo como un halo de luz. Cerebro, globo ocular, cuerdas vocales, glotis, y así así. Flotaban en torno a los cuerpos desnudos y transparentes, la piel revelando los órganos de colores: estómago azul, intestino rojo, pulmones amarillos. Pero recuerdo que la lámina de la mujer tenía un gran tachón que se notaba había sido hecho con fuerza, rayando en una dirección y en la otra para que no se transparentara nada, cubriendo la parte más íntima, y si seguías la flecha llegabas a la palabra «vulva».

Lo que quiero decir es que anoche soñé con la maestra Nidia. Íbamos subiendo por el camino que lleva a los Rurales y ella me decía: Tapate bien el pecho. Y después: Tapate los hombros. Yo le respondía que sí, pero iba distraída queriendo preguntarle por el Libro de Anatomía Ilustrada y por esa parte que alguien había tachado. Llegamos a los invernaderos y ahí la maestra me hizo una seña. Se llevó un dedo a los labios como diciendo: Tapá tus palabras, pero en cambio dijo: Esperame un ratito acá, y ya nunca volví a verla.

Un sueño sin sentido.

Una noche, cuando mi abuela ya había muerto y yo empezaba a sentir el veneno en la sangre (yendo y viniendo, hinchándose como se hinchan los animales insepultos), mi madre me llamó al cuarto. Estaba con un hombre, Vega o Benítez o Andrade. Ella tenía puesta una camiseta agujereada con quemaduras de cigarro y una bombacha blanca, mientras que al hombre no se le veía la cara: bocarriba, con una rodilla levantando la sábana y un brazo plegado atrás de la cabeza, lo único que le vi fue una mata de pelos en el sobaco.

Mi madre dijo:

Hacenos unos sánguches.

Fui a la cocina, agarré el pan, el queso y la mortadela. Era el último pan y la última mortadela que nos quedaban. Puse cada cosa adentro de la otra y volví al cuarto con los sánguches en un plato. Mamá me dijo: Ponelo ahí, y señaló la mesita. Pero la mesita estaba llena de porquerías (vasos, ceniceros, monedas) y solo pude apoyar el plato sobre la Biblia. Pensé que iba a retarme, pero apenas me miró cuando le pasé al lado. Ninguno me dio las gracias. Se mataban de la risa por algo y, al salir del cuarto, oí cómo la risa de mi madre se convertía en tos. Yo sabía que estaba haciendo fuerza para reírse porque también hacía fuerza para llorar, y casi siempre se le mezclaba con esa tos.

Al otro día se despertó tarde y enferma. Dijo que le dolía *todo*, y recién a las doce salió del cuarto, envuelta en una frazada, y se sentó en el sofá entre los cogollos flotantes de la abuela.

Hacé unos sánguches para las dos, dijo.

Pero no había más pan. Y no había más mortadela.

Solo hay queso, dije.

Mi madre se enfureció. Me llamó «palurda» y dijo que ni siquiera habíamos pagado la cuenta anterior del almacén, ¿cómo nos iban a fiar de nuevo?

¿Por qué te comiste todo el pan?, gritó, ¿Por qué te comiste la mortadela?

No pude explicarle nada. Solo me encogí de hombros y dije:

Tenía hambre.

Ella se levantó, siempre envuelta en la frazada, y abrió la heladera. Miró adentro, como si esperara encontrar algo distinto ahí, un paisaje, y no la luz parpadeante de la bombita y los estantes vacíos. Después agarró la bolsa con el queso (no quedaban más que tres o cuatro fetas) y se la llevó al cuarto.

Cuando los hombres venían a visitar a mi madre, yo me sentaba en la cocina tratando de no escuchar su risa hecha de tos y humo. A veces no podía soportarlo y salía, me iba al pajonal detrás de la escuela. Al dar los primeros pasos dentro del pajonal sentía el miedo enroscándose en mis tobillos (era el miedo a Perro Bravo), pero después me sentaba entre los pastos y miraba hacia el cielo. Las nubes cubrían la luna y por momentos la destapaban un poco y volvían a ocultarla. Las manchas de la luna se veían muy grises y me hacían pensar en los moretones que le salían a mamá en las piernas. Ella nunca recordaba cómo se los había hecho, igual que no recordaba haberse comido los sánguches. Ni siquiera recordaba haberme llamado al cuarto, y por eso creía que yo no había visto a los hombres, que no levantaba su ropa ni apoyaba los platos en su libro sagrado.

Pero yo sabía muchas cosas. En la escuela había aprendido que las manchas de la luna eran cráteres. Y también sabía que la luna no estaba sola, brillando como un pobre ojo. Entre las estrellas, que eran bolas de fuego muertas, también flotaban otros planetas, y tal vez hubiera copias de nosotras mismas viviendo vidas distintas en algún lugar lejano. Las noches sin luna, la montaña se sentía como un volumen, pero si la luna asomaba por algún huequito, alcanzabas a vislumbrar la sombra de los árboles. Y así con todo. Bastaba con saber que lo invisible estaba ahí para que empezaras a verlo.

Por la mañana, cuando los hombres ya se habían ido, entraba al cuarto y veía a mi madre dormida bajo la frazada. Le dolía *todo*, decía en un murmullo, y me pedía que no hiciera ruido. Si la molestaba, me pegaba con la chancleta. No había manera de evitar la chancleta. Yo me movía como un ratón, casi arrastrándome, pero las botellas hacían clic clic, y al levantar ropa del piso siempre caía alguna cosa.

Pero si el cuarto no estaba limpio y aireado para el momento en que ella se levantara, también me daba con la chancleta.

Así era entonces, desde que mi abuela había muerto y el veneno se me alborotaba en la sangre. Ya nunca cantábamos *jingles* ni me dejaba que la peinara. El pelo se le iba enredando. ¿Querés que te cepille? Y ella: Dejá, lo tengo lleno de nudos. Su pelo, que había sido tan sedoso, que hasta las trenzas se le deshacían.

Quién pudiera tener un pelo como el tuyo, le decía yo, y sin hacer aspaviento iba acomodando el cepillo y las cintas sobre la cama, Sos la envidia del barrio vos.

De inmediato ella se crispaba:

¿Cómo sabés? ¿Te dijeron algo?

No, pero hay que ver cómo te miran.

Que no se metan contigo, hija. Si no van a ver.

A mí me gustaba que dijera eso. Me parecía que la rabia le inyectaba algo de vida. Pero ni bien sentía el contacto del cepillo, mi madre se largaba a llorar y entre babas decía cosas que yo no sabía cómo responder y que tal vez no tuvieran respuesta.

Hija, no sé qué haría yo sin vos.

Sos lo único que tengo.

Un día se me ocurrió llevar esos envases a la fábrica de vidrio para venderlos. Salí de noche, porque en la fábrica solo compraban envases antes de empezar la jornada. Hacía tanto frío que hasta los huesos me temblaban. La luna brillaba, y ni siquiera necesité la linterna. Las casas se veían oscuras y cerradas como panales. Frente al portón de entrada había una fila de gente, cada uno con su carro, cada uno cargando un saco del tamaño de su propio cuerpo. Algunos venían desde muy lejos y pasaban la noche dormidos sobre sus costales. Al lado de ellos, mi bolsa se sentía ridícula. Pensé: no me van a dar ni veinte pesos, pero en cambio dije: ¿Acá es la cola de los envases?, y alguien me contestó que no abrían hasta las tres.

Me senté a esperar, como se sentaban todos, y tuve mucho frío. Los dientes me hacían clic clic, como si ellos mismos fueran botellas. Soplé dentro de las manos, por miedo a que me salieran sabañones y los dedos se me deformaran para siempre. Era algo que decía mucho la abuela: Mirá cómo tengo las manos, y me las mostraba, ampolladas y rojas de tanto restregar en agua fría, Me van a salir sabañones.

Cuando por fin abrieron la fábrica, fuimos entrando de a uno. Un hombre gritaba: En orden, respeten su turno. Las botellas se metían en una especie de ascensor chiquito para envases. Las cargaban ahí y enseguida oías el estruendo del vidrio que se estrellaba en el fondo. El mismo hombre que pedía que respetaran su turno se encargaba de contar los envases y de sumar en un papelito cuánto te ganabas. Yo agarré la costumbre de llevarme las monedas en una bolsa y a la mañana las canjeaba por billetes con la señora del quiosco, porque a ella le servían para los teléfonos, mientras que a mí me agujereaban los bolsillos.

Con eso pagaba la cuenta del almacén y compraba más pan, más queso y más mortadela.

Mi madre no se daba cuenta de nada. Creía que era el mismo pan, que nunca se había acabado. Creía que era el mismo queso y la misma mortadela que le habían fiado una semana antes.

En el pajonal yo pensaba en la abuela y decía: La abuela está acá (¿dónde?), acá. Ella misma me había explicado que a los cuerpos muertos se los comía la tierra, los convertía en abono y después en pasto. Según mi abuela, la naturaleza era sabia y te prestaba el conocimiento.

Decía:

Llegado el momento de morirse, todos sabemos qué hacer.

Decía:

A mí me da paz lo que me explica la ciencia.

Entonces yo pensaba: la abuela está acá (y miraba alrededor, al pajonal oscuro como una herida, o brillante y fantasmal los días de luna), estoy sentada con la abuela en estos juncos.

Por la fábrica de vidrio pasaba mucha gente, pero no recuerdo haber visto a un niño que trabajaba en el depósito, con las manos cortadas de tanto recoger vidrio sin guantes. Un niño más chico que yo, que no iba a la escuela porque su turno en la fábrica empezaba a las tres de la mañana y para la hora de la clase se había quedado dormido sobre los contenedores de botellas. A veces ni siquiera volvía a su casa. Se dormía hasta que el cuerpo lo despertaba de tanto aburrimiento y ahí mismo comía el puchero de los otros hombres antes de arrancar nuevamente el turno. Y así así, su vida. Pasaba tanto tiempo en el sótano que a veces confundía la luz de los camiones con el sol y el ruido del vidrio con el piar de los pájaros. Pero yo nunca lo vi, o al menos no recuerdo haber visto al niño que después se convertiría en el Celador.

En la cima de la montaña hay una cruz, no sé de qué tamaño. Desde acá parece chica, como una tumba al ras del suelo, pero seguramente no. Seguramente es grande. ¿Pero qué tan grande? Del tamaño de un hombre, como la cruz que cargó Jesucristo, o dos veces el tamaño de un hombre, robusta y metálica, como un monumento. Una cruz-monumento puede estar en la punta de una montaña ¿para qué? Tal vez para decir: Aquí estuve yo, hasta aquí llegué, esta punta de montaña es mía. Puede haber sido el dueño, al que nunca vi (solo conocí a los hombres que trabajan para él y que acaso tampoco lo conozcan, porque ellos mismos solo han visto a otros hombres que son los hombres del capataz, y los del capataz solo han visto a los hombres del dueño, y así así), puede haber sido el dueño, digo, el que la puso ahí. Es su cruz, la que indica que nadie más que él pudo coronar la punta, porque esta montaña es suya. O tal vez haya existido un pueblo en esa cima y la cruz sea la de una iglesia derruida. Me contaron que en algunos embalses podés navegar como si fuera un lago y que del agua emergen las cruces de las iglesias inundadas.

Qué locura de posibilidades.

La montaña encierra, fija un límite para los ojos. Sé que no voy a ver nunca lo que hay del otro lado. Imposible llegar a la cima coronada por la cruz del dueño. No solo por lo tupido, sino también por lo escarpado del terreno. Quienes vivimos en las laderas solo podemos estar de este lado o del otro. Se puede estar *sobre* la montaña, pero no en los dos lados al mismo tiempo. Únicamente quien estuviera parado en la cima podría dominar ese conocimiento, digámoslo así, que es el secreto de las águilas. Pero antes, mucho antes, la montaña estuvo abierta. Hizo un ruido horrible, de desmoronamiento, y la tierra se estrelló como dos trenes en marcha. La montaña es la cicatriz de ese tajo. (En la escuela había una niña así: cualquier corte que se hiciera sanaba como un gusano protuberante y rojo). No quiero olvidar que la montaña estuvo adentro, aunque ahora parezca el afuera más afuera que puede haber. No quiero olvidar que la montaña fue como la tierra que ahora piso, oscura y húmeda, sin haber visto la luz.

Yo también estuve abierta alguna vez. Pero ahora estoy cerrada y el veneno no encuentra una ruta de escape. Es como si sintiera nuevamente el ahogo: el cordón apretándome el cuello, devolviéndome a la oscuridad de la que nunca había salido. Tengo miedo, porque siempre que el veneno forma su remolino algo raro pasa ahí afuera. ¿Cómo explicarlo? Que yo sepa no tiene explicación científica (pero hay tanta cosa que no sé). El veneno sube y es como si se derramara sobre el mundo, como si desbordara mis venas y sembrara su destrucción en el resto de las cosas.

Una vez, hace tiempo, las gallinas se pusieron a vomitar y al ratito se murieron. Corrían. Yo no podía entender qué les pasaba. Las veía correr, como si les hubieran cortado la cabeza, pero con cabeza. Como si les hubieran quemado los ojos, pero con ojos. Y en un momento dado se juntaron todas y se pusieron a vomitar. Eso lo supe recién cuando me acerqué (vi el charquito amarillo en la tierra), pero para entonces ya estaban inmóviles en el suelo. Lo que yo vi desde el jardín fue el plumerío, las gallinas amuchadas, como queriendo salvarse, y luego una agitación (cacareos cortos, asustados) y luego: plop, plop, plop, una por una cayó muerta en el suelo. Ahora pienso: ellas también habrán sentido el terror del vaciamiento. Y tal vez fue eso lo que las mató, quedarse mucho tiempo con el veneno en la sangre.

Después de aquel día no tuve pollos durante meses hasta que los hombres de la montaña me mandaron unos nuevos. Se los dieron al Celador, atados por las patas. Pero yo ya les había agarrado tirria y no podía comer huevo. Dicen que los huevos de la gallina son como cuando a las mujeres les viene el mes y sueltan todo por ahí abajo. Ya no me dieron ganas de comerme nada que tuviera una vida separada de la tierra. Después, cuando la comadreja se escurrió bajo el alambre y mató a esos pollos, puedo decir que hasta me dio alivio.

Otro año hubo una invasión de libélulas. Eso fue lindo de ver: la montaña resplandecía como un broche de nácar. Pero yo sospeché que una invasión así no podía augurar nada bueno. Un par de días después vino un temblor que derribó edificios en la ciudad roja. Acá no se sintió tanto, apenas como un suspiro de la montaña, pero abajo la gente quedó sepultada en escombros, empalada en fierros, enterrada viva hasta perder el aire.

Siempre es así, cuando el veneno me viene a la sangre.

Hoy encontré al Celador acostado en su catre, envuelto en el humo del cigarrillo. Mi visita lo sorprendió porque llovía parejo desde el mediodía. Ni los pájaros cantaban. La nube envolvía todo en su funda de silencio. Saludé al Celador desde la puerta y él se incorporó. Sostuvo el cigarro entre los dientes mientras se metía la camisa adentro del pantalón. Tenía puesta una gorra de visera con letras bordadas: *Buffalo* (se la habían regalado los hombres de la montaña).

¡Qué milagro!, dijo él.

A mí me gustaba que me recibiera así. Me hacía pensar que el milagro era yo.

Pase nomás. Me estaba echando un sueñito.

Sacó el taburete de abajo del catre y extendió la colcha. Levantó papeles y otras porquerías del suelo y las tiró así nomás sobre la mesa, que desbordaba de restos de comida, diarios, monedas, vasos sucios, el termo del café, un destornillador, trozos de papel de lija, un manojo gigante de llaves y su wokitoki. No sé por qué siempre me inquieta ver ese wokitoki apagado y solo. Es como ver un pie separado del cuerpo. A diferencia de las personas, que podemos hablar solas, los wokitoki se hicieron para estar de a dos. Hablarle a un wokitoki sin pareja es como hablar dentro de una caja y que el mensaje no salga por ningún lado. La voz queda ahí adentro, esperando quien la escuche.

Claro que el Celador no usa el wokitoki para hablar solo, sino para comunicarse con los hombres de la montaña. Cuando ellos están cerca, me explicó, le hablan por ahí (él no lo llama wokitoki, sino radio). Aunque hay una explicación científica, a mí me gusta imaginar que las palabras del Celador salen por la antena como pequeñas nubes y llegan al cielo. Entonces las nubes que veo a diario serían palabras exhaladas por muchas personas de todas partes del mundo.

¿Le molesta que me quede acá acostado?, dijo el Celador cuando terminó de ordenar la caseta. Se había echado otra vez sobre la manta extendida y manoteado el pucho.

Haga nomás, dije, ¿Hubo mucho movimiento anoche?

Mucho. Y estuvo helando de lo lindo.

La brasa se encendía con cada pitada furiosa de él. Sentada a los pies del catre, dejé las manos juntas entre las piernas. El humo revoloteaba a mi alrededor y yo lo aspiraba con ganas de llenarme de él, de toda la suciedad y el mal de la nicotina. (Mi abuela decía: Fumar es lo mismo que chupar alquitrán, pero mi madre se encogía de hombros y hacía una mueca como diciendo: A mí me encanta el alquitrán).

Yo tampoco dormí bien, le dije al Celador, Ando con un mal presentimiento.

¿Un mal presentimiento de qué?, dijo, Lo único malo que puede pasar hoy es que esta lluvia sin viento no pare en todo el día. Y yo que quería ver una carrera…

El olor del cigarrillo se unía al de la tierra húmeda y me recordaba al olor de mi madre. La claridad apenas se abría paso. La brasa se encendía y se apagaba, y por momentos ese punto rojo era lo único que alcanzaba a distinguir del Celador.

Cambie esa cara, dijo él.

¿Qué cara?

Algo tiene. Ya me pareció raro que no pasara anoche. Y se perdió una buena película. La tele sintonizaba clarito.

¿De qué iba la película?

Sobre uno de esos locos de la escalada. Y en un momento el tipo se cae entre dos rocas, así (hizo el gesto de poner el pie torcido), y se le queda la pierna trancada. No hay manera de moverla, tiene los huesos rotos. Imagínese. Pasa no sé cuántos días enterrado entre las rocas, con la herida que va empeorando, sin comida, sin radio…

La montaña no perdona, dije.

Hasta que el tipo empieza a pensar en cortarse el pie, imagínese.

¿Y? ¿Qué hace?

Si le cuento el final no tiene gracia.

¿Y qué tiene? ¿Cuándo la voy a ver yo, igual?

Un día de estos la repiten.

El agua de mi impermeable había formado un círculo oscuro en el suelo alrededor de la silla. Me quedé callada, mirando el charco. ¿Qué podía decirle al Celador? ¿Acaso yo no dejaba también mis palabras atrapadas dentro de un cuaderno, igual que él hacía con su radio?

Mujer, ¿no quiere sacarse eso?, dijo el Celador, señalando mi impermeable.

Hice un gesto de no me importa, pero después fui y lo colgué de la puerta. El Celador fumaba y largaba humo, mientras yo intentaba acomodar los pensamientos que corrían enloquecidos. Pero ¿cómo atajarlos ahora? Sería como ponerle una brida a un caballo a galope. La cosa ya estaba en marcha.

Si le pasara algo así, dije, ¿usted qué haría?

¿Algo como qué?

Algo así, tener que amputarse.

El Celador me miró sin entender. Yo sentía la piel hirviendo bajo la ropa húmeda y solo pensaba en los huesos rotos del hombre entre las rocas y la necesidad de amputar, de cortar el pie de cuajo. Era —no sé— como un alivio. Me faltaba el aire, pero lo único que podía atrapar era esa nube de alquitrán que me roía la garganta.

Una parte, dije, ¿cuál se amputaría usted?

Hay que ser bobo para irse a medir con la montaña.

¿Pero nunca necesitó algo así? ¿Como un dolor para sacar otro?

No sea loca, dijo él, y se rio.

Imagínese cortarse el pie, cortárselo con un machete.

El Celador se levantó del catre. Parecía incómodo, sin saber qué hacer con las manos, y la imagen aceleró aún más mis pensamientos (en la cabeza, en los oídos). Una voz dentro de mí dijo: ¡Eso!, pero yo no sabía de qué cosa hablaba.

Usted lo que tiene es mucha imaginación, dijo él.

A veces pienso, ¿no?…

¿*A veces*? Un día de estos se le va a caer la cabeza de tanto pensar.

Pero dígame si nunca necesitó algo así, un dolor, un daño.

No, dijo él, ensombrecido como un toro.

Y la voz de adentro me susurró: Va a pegarte (y mi corazón: ¡Eso!).

Lo vi buscar algo con la mirada (¡Eso!), pero pronto entendí que solo buscaba su wokitoki. Una luz roja parpadeaba junto a la antena. El Celador lo agarró, le subió el volumen y enseguida oímos una voz metálica que repetía su nombre: Raimondi, Raimondi.

Me están llamando, dijo el Celador.

Entonces, ¿no me va a contar el final de la película?, dije.

Si la repiten un día de estos, le aviso.

Volví a bajar unos días después. El monte, sombrío, largaba su humedad como un jugo y tras la montaña asomaban varios parches de nubes negras. El Celador estaba en cuclillas desenredándole la cuerda a la vaca, que se veía nerviosa. Tenía la ubre dañada.

¿Qué le pasó?, dije.

Sin darse la vuelta, me explicó que un bicho de monte la había arañado.

Amaneció así, dijo.

¿Algún gato montés?

Algún bicho de mierda.

Mire esto. Le traje arroz con leche.

El Celador se sacudió las manos en el pantalón y se paró. Tenía la cara hueca, como los troncos viejos, y no me recibió el plato.

Alguien anduvo preguntando por usted, dijo.

¿Por mí? ¿Quién?

Alguien. Anda por el pueblo…

¿Y no me va a decir quién?

No señora.

¿Por qué?

Porque no me da la gana.

Estábamos los dos parados afuera de la caseta: el Celador con los ojos saltones, la cabeza desnuda y tostada, yo con el plato apretado entre los dedos. Miré al suelo y conté las colillas camufladas en el ripio. Unos gotones duros me golpearon los hombros. El impermeable hizo un ruido plástico: plaf plaf.

Venga, dijo él, Entre que se viene el agua.

Eso me pareció raro. Nosotros nunca nos guarecíamos de la lluvia salvo que fuera torrencial, pero esta tenía pinta de nube pasajera. Me sacó el plato de las manos y lo dejó afuera sobre uno de los sacos de cemento. Siga, dijo, siga nomás. Ni una gota caía de mi impermeable al caucho con el que Celador había protegido el suelo para que no se formara barrizal. Adentro, todo era como siempre fue, excepto por ese olor a plástico nuevo: el espejo abombado en el rincón, que servía para vigilar los puntos ciegos, y el almanaque con las fotos de ciudades del mundo. Seguía en la misma foto del rascacielos desde hacía meses, una torre espejada, azul de tan resplandeciente, en la que rebotaba el sol dorado. Decía «Enero», pero ya estábamos en abril, y también por eso la nube se cernía constante sobre nosotros. En la mesa vi el cenicero sepultado en colillas y otras colillas flotando en la tapa del termo con restos de café frío.

Siga, volvió a decir él, Cierre la puerta.

Las bisagras herrumbradas soltaron un chillido de comadreja. Esa puerta nunca se cerraba del todo. Por las noches solo quedaba entornada, recibiendo el chijete de la montaña. En cuanto el viento se detuvo, el aire se volvió espeso entre nosotros. No sabía qué bicho le había picado al Celador, por qué andaba así, todo hecho un misterio, y me quedé quieta esperando que se explicara. Pero él solo me miró, en ese espacio tan chico que costaba estar de pie sin empujar alguna cosa. El Celador respiraba fuerte. El olor que llegaba de él me recordaba al de esos galpones que hace mucho no se abren. Pensé: no tiene quién le lave la ropa, y como el silencio seguía atascado entre nosotros, miré hacia afuera por la ventanita y dije:

No creo que se largue.

Eso pareció molestar mucho al Celador.

Vaya entonces, si quiere, dijo, Si tantas ganas tiene de irse.

Pero yo no quería irme. Y tampoco entendía si el Celador me estaba echando de nuevo o me estaba haciendo alguna broma. Entonces él se inclinó hacia adelante y me agarró con las dos manos. Sentí clarito la presión de sus dedos a través del impermeable. En el aire ennegrecido alcancé a verle la barba, de pelos duros como alambres, y las arrugas incrustadas en la cara. Entonces me soltó, se alejó lo más que pudo hacia atrás y quedó recostado contra el tabique del fondo como si quisiera estudiarme de cuerpo entero. Sus ojos hacían ese movimiento rápido de las personas que quieren verlo todo pero no se deciden por nada: arriba abajo, arriba abajo.

Los gotones seguían impactando el techo con su ruido metálico. Si empeoraba la lluvia, pronto no íbamos a oír nada, mucho menos esa respiración de fuelle que salía de él y que a mí me producía vértigo, la sensación de estar girando a gran velocidad hacia el centro de mí misma.

Dije, por decir algo:

Voy a sacarme el impermeable entonces.

Él no soltó un sí ni un no, pero daba la impresión de estar complacido. Parecía decirme: Así me gusta, y sin embargo ni un músculo se le movía en la cara.

¿Cómo leer la expresión de un tronco viejo?

El impermeable hizo ruido a papel celofán mientras lo colgaba, y como si el Celador me estuviera ordenando qué hacer (pero con los ojos), me saqué también el buzo y lo doblé despacio. Por dentro la velocidad era otra: el corazón me latía rápido, ¡sí señor cómo me latía!, pero yo pensaba: con los ojos me está diciendo qué hacer, con los ojos me da órdenes. Debajo del buzo solo tenía mi camiseta vieja, que de tantas lavadas se había vuelto fina y transparente como un pétalo de jazmín manoseado. Levanté los brazos para sacarme la camiseta y la telita voló al piso. Llevaba un sutién color piel que había sido de mi abuela, pero desde su lugar y con la poca luz que entraba, el Celador habrá pensado que estaba desnuda.

Lo vi cerrar los ojos.

Cuando volvió a abrirlos yo ya no tenía nada puesto, aunque a decir verdad sentía que la piel era aún demasiada ropa. Y las gotas: tac (silencio) tac, cada vez se oían menos. La nube ya había pasado y lo que quedaba era la última humedad retenida en los árboles. Mis pechos colgaban. Yo los sentía pesados, la punta reseca y agrietada. Seguro el Celador estaría viendo las marcas rojas que había dejado el elástico en mi piel.

Dos pasos e iba a tocarme, así de cerca estábamos.

Pero no lo hizo, y el tiempo se estiró mientras yo esperaba otra orden. Los pechos se me erizaron, el frío se tensaba en un calambre. El Celador siguió haciendo aquello con los ojos: de arriba abajo, de abajo arriba, deteniéndose en el camino de mis pechos (rojos, marcados), y de a poco fui notando otra expresión en él, como si la cara seria, estremecida, le cambiara hacia una mueca de disgusto. Frunció la boca. Parecía estar juntando una saliva amarga y asquerosa.

Váyase, dijo (volvió a cerrar los ojos, volvió a abrirlos), Vístase y váyase.

Como no reaccioné enseguida, habrá pensado que iba a negarme.

¿No me oíste? Te dije que te vayas.

Sus palabras sonaban a alambre de púa (pero los ojos mudos, la cara de roble envejecido). Y no me moví. No me moví. Me quedé recibiendo eso, viendo los ojos llenos de asco del Celador y la mueca de saliva amarga en su boca. Las púas chuzándome el cuerpo.

El Celador se agachó para recoger mi ropa y me la lanzó hecha una bola de trapo.

Te dije que te rajés de acá.

Me puse la camiseta a las apuradas, con las costuras al revés, y la puerta volvió a chirriar cuando la empujé. Subí la montaña casi corriendo. Cuanto más me alejaba de la caseta, más dejaba que la cara se me frunciera, segura de que nadie podía verme, protegida dentro de la nube. El veneno se agitaba apenas, aunque solo en la superficie, como un lago cuando sopla una brisa rasante. Debo de haber subido esa montaña en cinco minutos. Se me había acelerado la respiración, cosa que nunca.

Al llegar a la casa me dio un ataque de risa. Tuve que doblarme y todo. Reía y lloraba al mismo tiempo, se me caía la baba, se me escurrían los mocos, como si un capullo de locura se hubiera abierto dentro de mí. Me tambaleé hasta la mesa. Ciega y con todo vibrando de emoción malsana, abrí el cuaderno y escribí:

Tengo miedo.
Ay ay.
Tengo miedo de mí misma.
¿Pero a quién le hablo?
¿Me lo digo a mí o se lo digo al monte o a los pollos o a la nube o a las piedras, que de tan viejas parecen caparazones?
¿Hablo sola?
Soy hermética como una planta.
¿A quién le escribo? ¿Y para qué?

De inmediato arranqué la hoja. Una cosa horrible, ese desgarro. Se sintió como arrancar un brote de raíz, como arrancarme la lengua. De resto no recuerdo mucho, caí arrasada por la oscuridad muda del sueño, y a la mañana, cuando me levanté, vi la hoja arrugada sobre la mesa, tan quieta, inofensiva, y sentí vergüenza de haberla odiado. Ya no parecía una flor carnívora, alimentándose de palabras, sino un pobre pensamiento sin continuidad.

Aquella vez, después de ver al hombre de la montaña vivo, el veneno llegó a mí como un torrente. Fue entonces —en ese tiempo envenenado— que las libélulas tomaron el monte, lo encendieron con reflejos nacarados e impulsaron con sus alas el temblor de la ciudad roja. Dicen que las máquinas ayudaron a levantar escombros y rescataron a tantos que, una vez hartas de salvar hombres, buscaron también a perros y gatos. Dicen que por eso la gente de la ciudad ama las máquinas y les perdona todo. Será. Yo no puedo dar fe. Unos días después del temblor cayó sobre nosotros una tormenta de agua. La lluvia, como grava líquida, aporreó la montaña. Temían que un deslizamiento de barro arrasara con la cantera y sepultara Pueblo Pobre. Yo no sabía hasta cuándo el veneno iba a volcar, inclemente, su desgracia, pero sabía que ninguna máquina iba a pararlo. Llovió, y cada réplica azuzó el miedo del alud. Cuando por fin pasó la tormenta, la cantera mandó a sus hombres a arreglar los caminos, a levantar árboles y a sacar de la quebrada a los animales muertos. Pero nadie subió por acá. El camino entre la caseta del Celador y mi casa quedó inundado durante mucho tiempo. Semanas en las que creí que ya nunca vería un rostro humano. Me supe encerrada, aun teniendo toda la montaña para mí, pero entendí que existen otras formas de huida.

Esta vez es distinto. ¿Cómo explicarlo? El camino destapado está impracticable, brilla desde lejos de tanta agua. Lo que alguna vez fue el camino destapado ahora es un espejo de nubes grises donde patinan los zancudos. Hay un silencio hecho de zumbidos, una vibración subterránea. El veneno también me ha anegado la cabeza: pongo una palabra detrás de otra, a veces eligiendo cada una con esmero, a veces sin pensar, como un chorro de sonido, pero siempre me queda la misma sensación de cosa insuficiente, un dibujo chato y sin vida. Ni bien tocan el cuaderno, las palabras se marchitan. Se convierten en imágenes mucho más deslucidas que el dibujo hermoso de mi mente. Porque en mi mente no hay dos árboles iguales, no hay dos plantas del mismo verde. Y puedo decir: acacia, aliso, romero, pero esos nombres no van a reflejar ni el color ni la textura de las hojas, no van a reflejar los agujeros que dejan las mandíbulas de las hormigas ni la rugosidad exacta de los troncos. No importa cuántas veces intente escribir una nube, seguirá siendo un hilo negro.

Qué amarga es una palabra cuando no podés morderla como a una hoja de laurel.

Quisiera reconstruir el tiempo que pasó, contármelo a mí misma como un libro vivido por otra, pero reconstruir algo con palabras es como hacer un castillo de barajas. Mi abuela podía hacerlos hasta de seis pisos. Al caer, parecían alas de pájaros, y las dos decíamos: Ahhhh. ¡Era una desilusión tan liviana! Porque si no se caía, tampoco tenía gracia. ¿Alguien se imagina un castillo de barajas quieto, inmóvil para siempre? No. El castillo de barajas nació para tambalearse, para estar en movimiento.

¿Cómo explicarle al Celador que aquella no era yo?

¿Cómo explicarme a mí misma que esa también soy yo?

El veneno todavía bombea en mis venas, corre manso sin derramarse al resto de las cosas. Probé de todo: me clavé ramas en el vientre, me hice un tajo en la mano que ya no se diferencia de las líneas de la vida. Si abro y cierro el puño, apenas siento el latido de ese corte viejo. Pero nada más. Solo dolor inútil, sin finalidad ninguna. La manera en que el Celador me echó de la caseta, aquel día, fue lo único que logró apaciguarlo un poco. Sus ojos mirándome como si yo fuera un bicho feo e incomprensible.

Por varias noches después de eso tuve sueños raros. Cuando me despertaba decía: Estaba en tal lado, estaba en tal otro, pero ¿cómo podía saber si quien vivía esas cosas era realmente yo? Una nunca se ve la cara en sueños, solo asume que quien sueña, corre y llora es la misma persona que quien despierta, pero tal vez no lo sea.

Es como mirarse al espejo (¿y hay ilusión más real que la del espejo?).

Me pregunto si el hombre de la montaña me habrá visto igual de fea que el Celador. Puede que sí y que simplemente estuviera acostumbrado a las cosas feas: las cicatrices, las ratas sin piel, los pájaros muertos. La gente piensa que la montaña solo huele a eucalipto y a lluvia, pero la montaña también suelta sus vahos desagradables: las raíces se pudren con la humedad, el viento lleva el olor de los animales descompuestos. Hay flores que huelen a carne podrida y ese olor atrae a los colibríes más hermosos.

¿Dónde está la montaña y por qué no me escucha?

Es como haberme quedado sorda.

Yo nunca me había sentido sola en esta casa. Ni siquiera cuando la lluvia me tuvo aislada durante semanas, como ahora, y la voz del monte era lo único que hablaba. Ni siquiera cuando el hombre de la montaña se fue y se murió sin morirse. Incluso entonces pensé: la montaña reclamó lo suyo, y eso me pareció justo de algún modo.

La verdadera soledad la conocí abajo, en la ciudad roja, cuando mi madre se iba con su carro y su sombrilla a vender tortas. Yo miraba por la ventana toda la tarde, esperándola, sin saber cómo se llamaba la calle en que vivíamos. La casa se sentía grande como un mundo. Y yo estaba atrapada en él, porque mi madre cerraba con llave cuando se iba y las ventanas tenían rejas (unas rejas blancas con la pintura descascarada). Si tuviera que explicarlo diría que aquella soledad consistía en arrancar trocitos de pintura, ir pelando el metal de las rejas como si así fueran a adelgazarse hasta partirse. Después nos subimos al pueblo y ya no volví a sentirme sola hasta que la abuela murió.

Pero acá nunca. En esta casa jamás. No me importaba que la casa no fuera nueva. Para mí una casa nueva es como un nacimiento, mientras que una casa vieja que se arregla hasta hacerla propia es como una resurrección.

El hombre que amé se parecía a la montaña. Algunas veces era sombrío y podía ser brutal. Llegaba malhumorado y no quería hablarme, me tiraba sobre la cama, no me dejaba girar la cabeza, me la sostenía mirando hacia el colchón. Me bajaba el pantalón con una sola mano y las costuras tronaban. Yo sentía sus dedos húmedos de saliva tocándome como una constatación, como queriendo saber si yo seguía allí, donde había estado la última vez. Entonces asentía con un gruñido y descargaba sus relámpagos dentro de mí. Lo hacía silenciosamente, con fuerza, pero sin ruidos innecesarios, así como el monte no chilla ni se queja ni goza demasiado. Pero otras veces el hombre venía contento y amando a sus criaturas. Cortábamos rodajas de manzana y las ensartábamos en las ramas más finas del jardín para que se llenara de pájaros azules.

Yo pensaba: si una es tranquila, las aves se abandonan a una confianza pasajera.

Él me enseñó sobre los animales y la casa. Aprendí a reparar el techo cuando el viento de agosto hacía volar las planchas, aprendí a destapar las canaletas y los desagües, que se llenaban de hojas y de bichos, aprendí a remover la tierra y a plantar papas (y aprendí que incluso algo tan feo como una papa tiene flores). Él me enseñó, por ejemplo, cómo agarrar a las ratas de la cola. Había que hacerlo firme y rápido. La cola es la continuación de la columna vertebral, decía. Y si tardabas mucho en soltarlas, la piel de la cola se desprendía y la rata se te escapaba.

Otras veces el hombre venía con el ánimo opaco, brumoso. Parecía haberse batido a duelo con la montaña, vencido como esqueleto de animal grande. Largo y pálido, ni carne le quedaba para llenar los baches oscuros que le hundían los ojos. Me decía: No molestes, estoy cansado, y así mismo se acostaba en mi cama y caía profundo. Entonces yo velaba su sueño, que podía ser de cuatro horas o de diez, no importaba si de día o de noche. El ritmo lento de su pecho, a veces interrumpido por ahogos cortos, como si se olvidara de respirar, iba marcando el tiempo de la casa. Yo aprovechaba para hacer alguna cosa de paciencia, como remendar ropa. Al despertarse, el hombre miraba alrededor, desorientado, miraba la mesa, el sillón, las ventanas por donde se veía la camioneta estacionada al frente, y poco a poco se iba hallando.

Estoy muerto de hambre, decía (sin mirarme, somo si se lo dijera a la vida), y por lo general yo ya le tenía preparada alguna cosa.

El hombre no era de por acá. Había nacido lejos, en una tierra impenetrable como el pensamiento, donde las lagartijas lo arrullaban por las noches y los mangos se pudrían en el suelo. A los cinco años lo habían mandado a vivir a la ciudad roja con unos tíos. Ellos lo criaron, me dijo, y de la tierra caliente era como si no se acordara. Ni de mi madre ni de mi abuela me acuerdo, decía, solo me acuerdo de los mosquitos. Allá los zancudos eran tan grandes como un puño, los bichos no picaban, mordían y un recién nacido podía morirse con el solo roce de un escarabajo. El hombre acababa de cumplir trece años cuando a su tía la atropelló una buseta (murió en el acto) y su tío lo mandó a trabajar a la montaña.

A veces pienso: cosa rara el amor.

El Celador me contó una vez sobre una muchacha a la que había abandonado el novio. Trabajaba en la fábrica de vidrio y ahí nadie se metía con ella porque si otro la había desechado por algo sería. El Celador la quiso, incluso cuando ella le confesó que estaba preñada. Durante mucho tiempo, me contó, fue como si el niño fuera un invento suyo. La barriga no le crecía a la muchacha flaca, larga como un hueso. El Celador se alegró, porque entendió que la muchacha no estaba preñada de verdad. Era solo su deseo de mujer. Fueron felices aquellos meses. Se besaban y se tocaban en la oscuridad del sótano, entre los costales de vidrio reciclable. Como una gallina clueca, la muchacha empollaba un huevo de aire. Irradiaba esa cosa sana que irradian las mujeres que esperan. Si le decías algo bravo, se llevaba las manos al vientre: podía proteger lo que no estaba. Comía por dos y dormía por dos, pero siempre tenía hambre del Celador, y él pensó que vivirían así para el resto de sus vidas, esperando al niño imaginario, amándola para llenar ese hueco. Pero un día, me dijo el Celador, la barriga se le hinchó de golpe. Fue una transformación nocturna. Los pechos planos se volvieron dolorosos, llenos, con una aureola parda que se extendía como una mancha de aceite en el mar.

Fue así de rápido, me dijo el Celador, y chasqueó los dedos para demostrarlo, Como si me la hubieran cambiado por otra.

Ese día ella se desnudó, con la barriga enorme partida al medio por una línea de alquitrán que le bajaba del ombligo, se quedó parada frente al Celador irradiando toda esa luz desde el vientre igual que una lámpara, y ahí mismo, me dijo, él sintió un asco profundo. Ahí mismo, me dijo, había dejado de quererla.

A mitad de mañana una figura apareció a lo lejos por el camino destapado. Supe que no era una de las mujeres de Jehová porque ellas nunca suben solas. El camino aún tenía secciones muy inundadas, pero yo había colocado unos tablones que permitían el paso. Me apuré a ordenar la casa. Puse a calentar la olleta. A medida que se acercaba, la figura iba arrojando posibilidades: ¿un niño?, ¿uno de los hombres de la montaña?

Se veía como un fósforo quemado.

No la reconocí hasta que la tuve enfrente. Oí los crujidos en el pedregullo y salí al patio secándome las manos en el delantal. Entonces la vi y la oí al mismo tiempo. Dijo: Vine a verte porque estoy enferma. Y justo dos mariposas negras, de esas que desovan en los pantanos, se pusieron a revolotearle al lado. Era como si jugaran entre ellas. Parecían niñas, niñas en miniatura vestidas de negro, y ahí entendí que venían a traerme un mal augurio y que esto se relacionaba con el veneno.

Lo que ella dijo exactamente fue:

Vine a verte porque estoy enferma y quiero despedirme de mi hija.

La lengua se me había vuelto muda. Me parecía estar viendo a mi abuela: igualita se había puesto mi madre.

Con esfuerzo, pregunté: ¿Cuál es tu mal?

Es una historia larga, dijo ella, pero después me explicó que su propio cuerpo la masticaba por dentro.

No me queda mucha vida, dijo.

Y yo: La ciencia puede curarte.

No, mija, a mí ya solo puede ayudarme Dios.

Entramos a la casa y la hice sentarse en el sofá duro. Ella miraba todo y sobre cada cosa iba dejando los ojos quietos como dos plantas: en el mantel de hule que había sido de mi abuela (y antes, de los locos), en la cama chica, el botellón con el cogollo que flotaba en el agua sucia, la silla, la mesa, la veladora.

Fueron buenos los hombres de la patrona con vos, dijo mi madre, Te dieron casa, te dieron trabajo. ¿Dónde estarías vos, si no?

Fueron buenos, dije, Pero no tienen quejas conmigo. Yo hago bien mi trabajo.

Al final aprendiste a limpiar.

Acá se vive bien, dije.

Mi madre, habitada por el cuerpo de mi abuela, seguía contando las cosas con los ojos: el banquito, la colcha de crochet, el florero.

Era buena mi patrona, dijo, Pero ella también pasó a mejor vida. A nadie le aguanta el cuerpo.

Y después:

Oíme, yo ya te perdoné. Si querés hablarme, hablame. Y si no querés hablarme, entonces voy a morirme cuando Dios mande.

No supe qué pensar. No me gustaba que el pasado viniera así, caminando y con doble cara, a increparme las cosas.

¿Qué mal te hice yo a vos?, escupió mi madre.

A mí me gustaba la escuela, dije.

Mirá, vos te habías como hechizado con eso y te estabas arruinando la vida. ¿Qué te creés? ¿Que te iban a dar un trabajo en un edificio con ascensor? Te metieron cosas en la cabeza. Así no es la vida, dejame que te diga.

¿Y cómo es?, dije.

¿Cómo es?

Sí, cómo es la vida.

Es, dijo, Es. Para la vida no se necesita diccionario, dejamequetediga, se necesitan conocidos y obediencia.

Los hombres son como los pollos, dije, Teniendo todo el jardín, la montaña entera, prefieren vivir en el corral. Teniendo todas las lombrices, que son como los dedos de la montaña, prefieren comer el maíz duro que yo les tiro.

A tus gallinas les partís el pescuezo o no, dijo ella, Son tuyas tus gallinas. Pero tu madre estaba dormida y le prendiste fuego la colcha. Podrías haberme matado. ¿Por qué?

¿Por qué?, dije, pero la respuesta era larga y mi lengua se había acostumbrado al silencio.

Mirá, dijo ella. Se arremangó un poco el buzo, solo en el puño, y me extendió el brazo. A la vista quedó la piel con unas marcas parecidas a las que deja un río seco en la arena: protuberancias y bifurcaciones.

Unos vecinos me arrastraron a la enfermería y de ahí me llevaron a la ciudad. Cuando abrí los ojos, no había nadie que le importara de mí, y en sueños se me apareció un Ángel que me dijo: «Tu propia hija quiso verte muerta».

Puede ser, dije, A veces el veneno se me viene a la sangre, me toma el pensamiento y no sé por qué hago las cosas.

Te fuiste. Y no supe de vos hasta que alguien me contó que te habían subido a esta montaña. Gracias a mi patrona, que te regaló esta vida.

La vida es un regalo difícil, dije, pero a mí me gusta vivir. A vos, en cambio, nunca te gustó. ¿Te duele mucho tu enfermedad?

Es como si te escurrieran los huesos.

El dolor sirve, dije.

No me digás. ¿Qué sabrás vos del dolor? Pero la señora Gloria fue buena contigo, ¿no?

Y contigo, dije.

Mirá, hay cosas que solo Dios sabe, pero antes de morirme voy a contártelas. Yo a la señora Gloria me le apersoné y le dije: «Estoy preñada», y ella no preguntó más. Siete hijos le había parido a él. Ella sabía cómo era la simiente de ese hombre. La patrona dijo: «¿Qué querés?». «Yo cumplo los mandamientos del Señor», le dije, «pero tengo una hija». «Dios sabe que sos buena», dijo ella, y me agarró la mano, «Yo te soluciono y a tu hija no va a faltarle nada». Tu madre se sacrificó por vos, y mirá cómo me pagaste.

¿Por mí? ¿Qué tengo que ver yo?

Yo sabía que Dios me iba a castigar. El hijo que no parí ahora me come las entrañas.

Las manos de mi madre se habían torcido igual que las manos de mi abuela. Pero las suyas no eran capaces de convertir cogollos en plantas frondosas, no habrían podido jamás decirle al tallo: Ábrete, y esperar que él le confiara su simiente. Nos quedamos un rato calladas. El agua burbujeaba en la olleta porque me había olvidado de ofrecerle el té. Fui a apagar el fuego y cuando volví dije:

A veces el veneno se me sube como un remolino. Me obliga a hacer cosas, ¿entendés?

Ella me miró como si no entendiera, como si nunca hubiera entendido por qué Dios le había dado una hija como yo y aun así estuviera en la obligación de quererla, pero igual dijo:

Entiendo.

Antes de irse mi madre inspeccionó las cosas que estaban sobre la mesa: el cuaderno, el lápiz, la goma de borrar y la cámara de fotos.

¿Todavía tenés esa porquería?, dijo.

Agarré la cámara y la hice girar entre las manos.

Si querés te saco una.

¿Y para qué quiero una foto, yo?

Les dije a todos que estabas muerta. Ahora podría mostrarles esta foto.

Ella movió la cabeza. Caminamos despacio porque le costaba apoyarse sobre sus propios huesos y cuando llegamos a la puerta nos paramos a mirar el jardín. Había empezado a lloviznar (era la nube) y las chispitas de agua se traslucían en el aire.

A ver, ponete ahí, le dije.

Ella se paró lo más firme que pudo, de espaldas a la montaña, y se acomodó el chal negro por encima de la cabeza para cubrirse de la humedad. Miré por el ojo de la cámara: mi madre en el centro, rodeada por el monte, abrazada (digámoslo así) por la montaña.

Después de sacarle la foto me dijo:

No creo que vuelva a verte.

Bueno, dije yo, y sentí el cuerpo muy liviano, como si se hubiera desprendido de mí.

Ella enfiló hacia abajo por el camino destapado. Yo me quedé en el jardín hasta que no se alcanzó a ver ni un punto a lo lejos. Me dije que ahora podría odiar a mi madre en el recuerdo, pero ya no podría odiarla en la foto. Porque la foto es un lugar donde se guarda el tiempo, separado de lo que fue y de lo que será. Ni la rabia ni la muerte pueden tocarlo.

Al rato nomás ya había despejado. El sol hacía zumbar los insectos y sobre las grúas en el horizonte flotaba una mancha oscura, la nube artificial que en días despejados se estancaba sobre la ciudad roja. Abajo encontré al Celador sentado junto a la caseta. Había puesto el televisor sobre el taburete plegable, conectado al interior mediante un cable largo, y tenía el volumen a todo lo que da. Difícil saber qué miraba porque el reflejo del sol caía sobre el aparato y hacía que la imagen se viera muy pálida, casi tan velada como mis fotos.

Alrededor de la caseta era común encontrar el cuero seco de sapos aplastados y las marcas de barro que dejaban las llantas de los camiones.

Buenas, dije, los ojos puestos en esos surcos donde se encharcaba el agua.

La vaca mugió. Masticaba el pasto escaso que nacía en los bordes del descampado, con su cuerdita verde muy larga cruzando el terreno como una serpiente.

El Celador me miró. Dijo:

¿Ahora sí se enteró quién la andaba buscando?

Del televisor salían voces y risas, y yo sentí que esa gente se burlaba de mí.

¿Interrumpo algo importante?

Depende…

Se acomodó la gorrita de *Buffalo* y se levantó con esfuerzo, apoyándose en el brazo roto de la silla. Pensé: ahora veo por qué se le quebró, pero dije:

Vine a que me haga lo mismo de la otra vez.

El Celador soltó un soplido por la nariz, como hacía a veces la vaca para espantar moscas, y me dio la espalda. Con los brazos en la cintura examinó largamente la montaña, tanto que pensé que nunca iba a volver a mirarme, que se quedaría en esa posición hasta que lo dejara solo. Pero yo no podía irme. El peso del veneno me clavaba en el lugar y no había manera de arrancarme de ahí sin al mismo tiempo precipitar un desgarro. Insistí con mi presencia

que era un ruego,

que era un pago,

y cuando por fin se dio vuelta enfilé para la caseta sin hacer preguntas.

Adentro, el calor se sentía como un fluido. El sol golpeaba en el metal y consumía el aire. Pensé que el Celador entraría conmigo, pero no. Me hizo señas de que pasara al fondo y se quedó en el límite de la puerta, llenando el hueco.

Párese ahí, dijo.

La luz ardiente me cegaba y hacía que el Celador se viera como una pura sombra. Su figura negra, ribeteada por destellos blancos, lo volvía imponente, una energía más que una persona. Yo me hundía en esa luz y en el fluido del calor mientras esperaba otra orden. Su cara enmarañada, presta. Supuse que estaría cazando las palabras, que siempre llegaban a él después de un largo esfuerzo y lo dejaban sumido en el cansancio. Amagué a sacarme el buzo, pero él me frenó.

No te saques eso, dijo, Sacate los pantalones.

Me puse en cuclillas para descalzarme y con cuidado acomodé las botas al lado del catre.

¿Y?, dijo la sombra del Celador. Parecía una verdadera pregunta, un espacio para el arrepentimiento más que un signo de impaciencia. Aunque tal vez quería decir otra cosa: ¿Y? ¿Qué parte vamos a amputar primero?

La cabeza el brazo la rodilla.

La mano el cuello las orejas.

Tomé impulso y me bajé el pantalón. Tuve que forcejear bastante porque me quedaba apretado y la pana me hacía sudar las piernas.

Sacalo todo, dijo él, ahí va.

(La nariz el pie la oreja).

Date la vuelta.

(Los ojos la lengua la garganta).

Bajate el calzón, mostrame ese culo feo que tenés. Ahí va. Mirá, te voy a decir algo: No me gustan las mentirosas. No me gusta que me traten de estúpido, ¿me entendés? Vos me dijiste y yo te creí. ¿Tengo cara de estúpido, yo? Haciéndote pasar por huérfana... mirá vos... qué enterrada en el cementerio y qué ocho cuartos. Mentirosa. Y yo te creí, soy estúpido. Mirá, la única vez que mi viejo me cascó fue por mentiroso. Me molió a palos. Mi viejo que era decente, que era trabajador. A mí no me vas a mentir, decía, y me dio y me dio hasta que se me fueron las ganas de volver a hacerlo. Él, que nunca le levantó la mano a mi vieja, que nunca me levantó la mano a mí, por mentiroso, por faltar a la verdad, ¿entendés? Ponete en cuatro. Agachadita, ahí va. Mostrame lo que tenés. Mirate, sos un bicho peludo. No, no te levantés. Quedate ahí hasta que te dé permiso. Todos estos años escuchando tus historias. Años, que hasta pesar me dio.

El sudor me caía por dentro de las mangas de lana, me bajaba por los brazos y las muñecas y me resbalaba entre los dedos. Mis palmas bailaban sobre el plástico que forraba el piso y debía hacer fuerza para no irme de boca.

Separá un poco las piernas. Ahí va. Sos un asco de mujer. Me obligás a mirarte, me obligás a olerte desde acá. Estás locas si creés que te voy a tocar, mentirosa. Ni con un palo te voy a tocar. Venís a pedir que te mire el chocho, que te lo toque... Movete un poco, a ver. Así no, para adelante y para atrás. No te vayás a levantar, no te di permiso. Te quiero en cuatro, ¿me entendés? Ahí va. Más despacio que te quiero ver toda. Ahí va. Y te voy a decir más: Cuando mi viejo terminó la faena me dejó ahí, con algún hueso roto, y dijo: Los animales no mienten. Yo dormí toda la noche en el frío del piso, ovillado como un perro, nadie me levantó, y recién al otro día mi viejo fue y dijo: ¿Y? ¿Qué tenés para decirme? Que soy un mentiroso, dije yo. ¿Y sabés lo que me respondió él? Mi viejo que era callado, que era honrado, limpio, dijo: No, decí Sí, señor. Y yo dije: Síseñor. ¿Entendés?

Síseñor.

Abrí más las piernas, carajo.

Síseñor.

Qué bicho feo que sos. Abrite, abrite bien.

Seguí recibiéndolo todo durante un tiempo que dejó de tener medida. Solo el líquido de mi cuerpo chorreando como si yo fuera un cerdo, sintiéndome un cerdo, envuelta en el olor de mí, las manos y los pies patinando en el plástico. La falta de aire, el aire ardiendo en los pulmones, la cara hinchada, la lengua gorda como la lengua de un cerdo y la imagen de muchas mariposas negras, las haditas de la muerte (de la muerta). Encima te gusta, dijo el Celador, Te gusta que te mire, te morís por que te toque. Y yo me movía —pero no era yo, era una cerda, era una cosa— hacia adelante y hacia atrás, abría la vulva y la cerraba, como hacen las cerdas, como hacen los bolsillos,

los monederos, los broches. Chorreaba sudor y líquidos pestilentes, pero no por el calor sino por las ganas de morir y de matar.

Te daría tu merecido, dijo él, pero ni ganas me dan de tocarte.

La cerda soltó un grito, un berrido animal. Y ese berrido atravesó la montaña mientras yo sentía cómo el veneno se iba drenando de las venas, que volvieron a quedar, gota a gota, secas como raíces.

La montaña

La montaña no conoció a su madre; no conoció a su padre. Otras cordilleras hablaban de un estruendo ensordecedor. Las islas hablaban de un gran fuego en las entrañas. Ella se sentía huérfana de memoria. De su nacimiento solo quedaba una sensación de deriva, un mareo acuático. Era tan leve ese recuerdo, como si no hiciera pie, como si no hubiera fondo. Luego un frío muy intenso y una presión que comenzaba en el vientre y se mantenía sorda, constante.

Algo la empujaba a hincharse.

La montaña huérfana creyó ver a su madre en la fisura que se abre entre las rocas, en el vello verde que recubre el suelo y alimenta invisibles osos de agua. Creyó reconocer a su padre en la furia del terremoto, en el grito de los árboles que se derrumban, en el miedo de los insectos cuando huyen. Lo sintió como un desvanecimiento: pequeñas rocas que hasta entonces no habían sido más que resquebrajaduras ahora se desprendían y rodaban pendiente abajo.

La tierra se fue poblando de bestias. La montaña buscó a sus progenitores en los cuatro puntos cardinales, entre las pezuñas de las fieras y en la copa invertida del encenillo. Vio a las aves permanecer en su nido, empollando durante meses un pichón enclenque, y sintió envidia de la cáscara del huevo. Un día, ya ciega de buscar, resbaló hacia el abismo, pero se aferró tan fuerte a todo lo conocido que logró evitar la caída. Estuvo miles de años así, aferrada a la cornisa, y ni siquiera se dio cuenta en qué momento soltó el amarre. Lo supo cuando estaba cayendo. Se sentía fea y sola: se sentía un accidente. La montaña cayó durante miles de años y llegó a acostumbrarse a esa forma de vida. Caer, dijo, es seguir estando. La montaña se creyó fondo, luego se creyó nada, y más luego aún dejó de creer y se sintió aire. Ese soplo de viento impactó contra una superficie dura y el movimiento se detuvo. Allá abajo, acurrucada en el fondo del hueco eterno, clamando por ayuda, con los huesos quebrados y la piel abierta, con los pies pequeños y la lengua blanca, la montaña encontró a su madre. Ante la imagen de la madre moribunda la montaña cerró los ojos y, en las dos eternidades que tardó en abrirlos, olvidó que la había encontrado. Se sintió huérfana otra vez y lloró. Las piedras se estremecieron; cayeron nuevos guijarros y aplastaron alguna vida insignificante.

Aunque la montaña crecía cinco milímetros al año, la nueva altura no la ayudaba a ver más lejos, allá donde empezaban otras montañas igual de huérfanas que ella. En el crepitar del fuego le pareció oír a su padre. Dejó que las llamas desollaran a los animales, que la corteza de los árboles se arrugara como se arruga la piel muerta, que los arbustos se secaran, privándolos de agua. La montaña se olvidó de que buscaba algo. Miró los bosques arrasados, negros de hollín, el humo que aún subía en hilachas de la tierra, los animales hechos ceniza, los árboles convertidos en palitos negros y quebradizos, como fósforos usados. Ya no quedaba nada, excepto ese olor a carbón y a derrota, y al mirar hacia el fracaso de sí misma encontró a su madre. Le dijo: ¿Dónde habías estado todos estos millones de años?

La madre le devolvió el eco de su silencio cavernoso.

Sentada en la falda de su madre, la montaña aprendió a imitar el sonido de las cosas. Y aquello que nunca había existido, al escuchar su nombre, se fue revelando. Aprendió a invocar al Gran Destructor, a adorarlo con flores de alcaparro y frutos de arrayán: Oh tú, dador de justicia, danos hijos e hijas. Que se multipliquen y crezcan los que han de alimentarte. Que no encuentren desgracia ni infortunio. Que no se caigan en la bajada ni en la subida del camino. Que no encuentren obstáculos. Concédeles buenos caminos, hermosos caminos planos. Y que en tu boca hambrienta hallen lo que iban buscando.

Tercer cuaderno
Cuerpos

De madrugada me despertó la jauría. Sus ladridos rodaban ladera abajo como un remolino de eco. Yo los seguía con el oído: Suben, no, bajan. Cosa engañosa el sonido en la montaña. A eso de las cuatro me envolví en la frazada, me calcé las botas y salí. El farol apenas abría un hueco de un metro en la noche. Más allá se dejaba imaginar el frío sólido de la montaña. No era viento, sino esa sensación de cuando caminás con los ojos cerrados y, sin necesidad de tocar nada, sabés que hay una pared delante tuyo. Los ladridos se detuvieron y volvieron a arrancar. Andarían rondando la cantera. Ahí, ciertas madrugadas sin estrellas alcanzabas a ver un resplandor como una bruma blanca cuando los reflectores de las máquinas iluminaban el polvo. Pero hoy no parecían estar trabajando. Me quedé en la puerta, parada en el borde de la luz, tanteando volúmenes en el negro chato de la noche, y cuando volví a la cama no pude dormirme, di vueltas hasta que la claridad empujó detrás del bosque de niebla.

Helaba. De nuevo me calcé las botas y me eché la manta a la espalda. La niebla seguía rastrera, no soplaba una gota de viento. Íbamos a pasar todo el día dentro de la nube, con los gorriones engañados por la ausencia de luz. Le di la vuelta al jardín, arrancando algunos tallos de lengüaevaca que se habían afianzado por ahí. La humedad trabajaba sobre las cosas, corroía como un lamento. Aunque los perros ya no ladraban, igual quise ir a vigilar el portón, asegurarme que todo estuviera en orden. El suelo, esponjoso, cedía bajo mis pies. Unos diez metros más allá del límite del jardín, pasando el galpón de las herramientas, pasando el corral abandonado de las gallinas, justo antes de llegar al alambre, estaba el cuerpo.

Voy a poner acá todo lo que sé de él:

Lo encontré bocabajo, con la cara enterrada entre las hojas excepto por un pedacito de mejilla negra, sucia de algo que parecía carbón. Los pies volteados hacia adentro, las manos negras también. Uñas como si hubieran escarbado la tierra. El pelo había sido largo, se notaba, pero lo tenía motilado a lo bruto y ahora terminaba encima de la nuca como un cepillo de puntas rectas. El resto era un pantalón oscuro, un buzo de lana y unos mocasines de hombre. Digo de hombre porque tenían esa hebilla que solo recuerdo haberles visto a los doctores del hospital, y lo digo también porque le quedaban grandes, dándole al cuerpo un aire desencajado, de pies exageradamente largos en relación con las piernas.

Cuando el Celador llegó agarramos una pala y nos pusimos a cavar un agujero.

Pero antes debería consignar aquí lo que no le dije al Celador:

No le dije al Celador que, después de encontrarlo, agarré al cuerpo de los sobacos, lo levanté un poco y lo arrastré algo así como medio metro hasta unas rocas que le hicieron de respaldo. El cuerpo sentado parecía un muñeco, mientras que el cuerpo en la tierra parecía un animal. Le acomodé las manos sobre las piernas para que no estuvieran volteadas como pidiéndole al cielo. Me senté en el pasto y lo miré. De lejos alguien hubiera dicho «dos personas conversando», porque me había sentado muy cerca, igualito que si lo conociera, y yo, sin quererlo, también imitaba la posición de las manos, apoyadas tranquilamente sobre las rodillas. Cuando no supe qué más hacer, le revisé los bolsillos.

No encontré nada.

La roca que sostenía al cuerpo se veía cómoda, afelpada y mullida por el musgo que crecía en ella y le daba un aspecto de sillón caro. El musgo no tiene raíces, solo unos filamentos para amarrarse a la roca. Es lo primero que cubre el suelo. Contiene más de veinte veces su peso en agua y así permite que nazca lo demás: el pasto y los árboles. El musgo es como el tapizado del mundo (digámoslo así), la tela que sostiene el monte vertical. Vestida con musgo y líquenes, la roca se llena de colores. A veces pienso que la piel rugosa de la roca duerme como algo que está a punto de nacer. La gente cree que las rocas son todas iguales, pero ninguna se parece. Si yo quisiera decir «Esta es mi roca», debería aprenderme de memoria su forma y cada hueco, cada rendija, cada abolladura, cada pelito de musgo y cada mancha (como lunares) de los líquenes amarillos. Sería tan difícil como aprender un idioma nuevo.

Ahí lo dejé, apoyado. La ropa me había quedado sucia y tuve que entrar a cambiarme. Después bajé a buscar al Celador. Casi tuve que zarandearlo para que se despertara. Subimos la cuesta juntos, yo teniendo que aguantar el tranco porque él no podía seguirme el ritmo. Me preguntaba: Qué pasa, mujer, ¿por qué tanto misterio?, pero yo no quería adelantarle nada.

Cuando llegamos ni siquiera le ofrecí agua, aunque lo vi jadeante y sudado. Lo llevé directo al alambre y le mostré el cuerpo. Seguía recostado en la roca, donde lo había puesto, pero se ve que en el rato entre que fui y vine se había resbalado un poco y ahora parecía un borracho caído, de esos que amanecen despatarrados en el suelo.

¿Qué hacemos?, dije.

Pensé que podríamos dejarlo ahí, que el monte se lo comería igual que alguna vez se tragó los muros de la casa en la quebrada, y se lo sugerí al Celador.

No sea bruta, dijo él.

Pero yo me había imaginado algo lindo: el cuerpo como los Judas de trapo que hacíamos de chiquilines y que de tanto cargarlos para todos lados una se encariñaba y daba lástima quemarlos. Me lo imaginé así, caído, flojo, y las ramitas creciendo del suelo, el pasto avanzando por el hueco entre las piernas y todo alrededor de la cabeza, como una corona, y así así el monte lo iría cubriendo, enredándolo con tallos hasta dejarlo escondido. ¿Qué otra cosa íbamos a hacer con él?

No sea bruta, volvió a decir el Celador, Déjeme pensar.

¿De quién será?, pregunté.

El Celador se había quedado mudo.

No parece del pueblo, dije, Vea la ropa.

Él miraba para todos lados como un juguete al que le dieron cuerda y ahora gira y gira pero no controla adonde va. Los brazos en la cintura. La frente toda fruncida. Miraba hacia la montaña (más allá del alambre) y después miraba hacia mi casa (como calculando algo) y miraba de nuevo el cuerpo caído, con las manos ladeadas y negras.

¿Y apareció así como así?, preguntó.

Sí.

¿Así tal cual?

Así como lo está viendo.

Hay que enterrarlo. ¿Tiene una pala? ¿Tiene algo?

En el galpón, dije. Y fui sin esperar orden.

El segundo cuerpo también tenía el pelo mochado. Lo encontré bocarriba, con una pierna plegada, como si en el último momento estuviera indeciso acerca de morir, o mejor, como si estuviera a medio camino entre una decisión (la muerte) y la otra (levantarse y seguir viviendo). Parecía a punto de decir alguna cosa, aunque de los labios entreabiertos no asomara lengua ninguna. La ropa negra de tierra, las manos sucias, nueve dedos intactos, de uñas cortas, y uno arrancado de cuajo. La ropa absurda, también esta vez. Una ropa que no se correspondía con la contextura flaca y de huesos finos. Toda torcida, embarrada.

Bajé rápido a buscar al Celador. Casi corrí —porque la bajada acelera el paso—, pero al llegar a la caseta lo encontré durmiendo. Hice algunos movimientos afuera, pisando fuerte en el pedregullo para ver si se despertaba. Solo la vaca me miró, echada allá al fondo del terreno, limpia de pensamientos. El Celador seguía profundo y por la rendija de la puerta se filtraba el olor diluido del tabaco.

Volví a subir y fui directo al galpón a buscar la carretilla. Mejor, pensé, mejor que el Celador ni se entere. ¿Para qué molestarlo? Ahí nomás tiré del cuerpo hasta subir la cabeza y el tronco a la zona de carga y, haciendo palanca, levanté el resto. Las piernas no quedaron colgando, flácidas, como imaginé, sino que una se mantuvo completamente estirada por fuera de la carretilla y la otra siguió doblada tal cual había estado desde el principio, en esa indecisión infinita de irse.

Iba a llevarlo a la quebrada, arrojarlo al río, pero después imaginé el cuerpo viajando solo como un barco (la rodilla plegada sería la vela), desnudado por el roce del agua, magullado por el golpe de las rocas, y me pareció triste. Yo no sé por qué las personas, cuando estamos vivas, pertenecemos a la superficie y, cuando estamos muertas, al interior de la montaña. Si habrá acaso una vergüenza en dejar tu cuerpo así, despojado de inteligencia y a la vista de todos. ¡Ojalá supiera tantas cosas! Un cuerpo sin vida ya no es una persona pero tampoco una cosa. Está en camino de ser algo y mientras tanto no es lo uno ni lo otro. En eso pensaba, y ni siquiera me di cuenta de que me dolían los brazos y las piernas, de que la pala me iba sacando una masa de músculo agarrotado en el cuello.

Pensé: ¿a quién le pertenece el cuerpo muerto? Lógico, a la familia.

Pero en esta montaña nadie tenía familia.

En Pueblo Pobre conocí un perro sin ojos. Era del vecino de mi abuela. Lo llamábamos Muñeco, porque tenía los ojos cosidos. Algunos comentaban que al perro le habían hecho brujería y que por eso le cosieron los ojos, igual que en los cementerios les cosían la boca a los sapos con la foto del embrujado adentro. Pero mi abuela no creía en nada de eso. Según mi abuela, el perro había tenido un tumor y una vez vino un veterinario de la ciudad y lo operó para salvarlo. Le sacó los ojos y se los cosió porque no había más remedio.

¿Ves?, decía mi abuela, Hay que ir a lo científico.

Cuánto me gustaría a mí tomar una de esas pastillas que venden en la ciudad roja y te hacen tener un montón de ideas. ¡Qué de cosas se me ocurrirían!

El otro día le pregunté al Celador:

¿Usted cree en el destino?

Opciones, como haber, hay, dijo él, pero igual no se puede elegir nada.

¿Cómo así?

Imagínese que usted nace y tiene, póngale, veintiocho opciones. Póngale de la A a la Z. Pero al final es todo lo mismo: la A, la C, la J, la M, ¿me hago entender?

La A no es lo mismo que la Z.

Son nombres distintos, mujer, pero usted nunca va a poder ser un número, ¿me hago entender? Ni un uno, ni un diez, ni un quinientos. Siempre va a ser una letra.

Usted me dijo que allá abajo tienen una pastilla para cada cosa y que con una sola pastilla pueden cambiarte el ánimo y hasta las ideas.

Cierto.

Y que hasta pueden tomarse una pastilla cuando están aburridos, solo para divertirse.

Pero si usted nació para ser una letra, dijo el Celador, no hay pastilla que valga.

A lo que voy es que el perro vivió años y se movía bastante bien con el olfato y el oído, tan poderoso como el radar de mil murciélagos. Cuando el vecino de mi abuela murió, el perro ciego pasó a ser un perro solo y daba vueltas por las casas esperando que alguien le tirara comida. No había quien no le diera algo, algunos por miedo y otros por lástima, y así Muñeco pasó a ser el perro de todos los niños que siempre habían querido uno y de todos los viejos que no tenían a quién cuidar. Se lo disputaban, y un viejo decía: Muñeco, no vaya para allá, y el otro decía: Muñeco, venga, deje quieto a esa chusma, pero el perro iba y venía, ajeno a la palabra de los hombres.

Desde que empezaron a aparecer los cuerpos ya no bajo tanto a ver al Celador. Él me reclama: ¡Me tiene abandonado!, y yo le respondo con alguna excusa: Mucho trabajo, o: Mucha maleza. Mucha lluvia, todo inundado. Mucho viento, otra vez tocó arreglar el techo. Guardo el secreto de los cuerpos porque él no lo entendería. El secreto queda en mí como las fotos en la cámara (digámoslo así), porque mientras la imagen está adentro, sin revelar, no es lo uno ni lo otro: todavía no es una fotografía pero existe como una anticipación. Igual pasa con los cuerpos.

Pienso mucho en estas cosas ahora que no bajo tanto a ver al Celador y que los cuerpos ocupan buena parte de mi tiempo.

Si uno aparece, debo levantarlo en la carretilla y buscar un pedazo de tierra que no esté demasiado duro y lleno de roca. A veces empiezo a cavar y tengo que abandonar la tarea porque el terreno se revela como una maraña impenetrable. Mucho se aprende cavando, conociendo el interior de la montaña. Su olor a oscuridad... y el crujido de la arenisca. Brilla como si se hubiera derramado un poco de sol ahí adentro. Después debo acomodar el cuerpo, que no siempre entra estirado en el hueco, y cubrirlo bien para no atraer a la jauría. La tierra se resiste a ser agujereada, eso también lo aprendí cavando. Pero una vez que recibe su alimento la tierra es agradecida. No se queda yerma, quejándose de la intrusión de la pala: enseguida se va brotando de pasto.

El otro día le pregunté al Celador:

Cuando alguien muere, ¿de quién es el cuerpo?

¿De quién?, dijo él, haciendo puchero con el labio, De los hijos, será.

Y si es de los hijos, ¿por qué no pueden venderlo? ¿Por qué no pueden guardarlo en el placar?

Él no supo qué responder.

Yo pensé: si me cortan una mano, ¿de quién es la mano? ¿Y por qué, si me cortan una mano, mi yo se queda en el cuerpo y no se va con la mano? ¿La mano no soy yo? ¿O yo sigo siendo sin mi mano? Y si mi mano no soy yo, ¿dónde se aloja realmente la persona?

¿Y qué pasa si esa persona no tiene familia?, le dije al Celador, ¿De quién es el cuerpo, entonces?

Él agitó la cabeza. Seguía dele que te dele moviendo la antena para sintonizar algún canal.

Entonces es basura, dijo.

Ahora, cada vez que aparece uno le limpio la cara con el trapo que até al mango de la carretilla. No me gusta mezclar el trapo de los cuerpos con los trapos de la casa. Sería como decir que los cuerpos son cosas. No me gusta que los cuerpos se confundan con basura. Cuando no aparece ninguno me dedico a aprontar las herramientas: afilo la pala (porque si le saco filo entra mejor en la tierra), limpio la carretilla, lavo los trapos, rastrillo las protuberancias que fueron quedando sobre la superficie y emparejo el terreno.

El otro día apareció uno que era distinto. Para empezar, no tenía el pelo negro sino clarito tirando a rojo, aunquc a la altura dc la nuca cstaba mochado (una lástima). Lo giré para que quedara bocarriba y le pasé el trapo por la cara. La tierra se le había endurecido sobre la piel y no salía. Lo mismo en las manos, donde no faltaba ningún dedo. Froté duro con el trapo y por un segundo pensé: lo voy a lastimar. Después hice toda la maniobra de subirlo a la carretilla, pero en vez de enfilar para los lados de la quebrada me lo llevé al jardín. Quería sacarle ese negro de la cara y para eso necesitaba humedecer el trapo con un poquito de jabón.

En el jardín, por la cercanía con la casa, el cuerpo parecía más una persona. Era chico y no pesaba tanto como los anteriores. De largo le calculé un metro cincuenta. Extendí una manta en la entradita del jardín y lo bajé con cuidado de la carretilla. Pasé el trapo húmedo alrededor de los ojos y sobre el puente de la nariz. Tenía pecas, tal cual me imaginé. La piel se sentía irreal, gomosa y fría, como si rezumara algún tipo de sebo, pero excepto por esa sensación el cuerpo era lindo. Ojalá pudiera guardarlo clarito en la memoria, me dije. Pero ¿cómo iba a hacer para recordarlo? Ya los cuerpos se me confundían, en parte porque no había pasado tanto tiempo con ellos como para grabármelos en la mente, y en parte porque siempre estaban demasiado sucios, envueltos en barro como una mortaja negra, vestidos con esas ropas desencajadas y también mugrientas.

El primero, por ejemplo… Del primero ya no recuerdo nada excepto lo que escribí en este cuaderno, y es una pena, porque tampoco soy tan buena escribiendo como para armarlo únicamente de palabras. Si dominara el arte de las palabras, tal vez, pero esas pocas líneas que ya releí tantas veces no son nada al lado de la verdadera imagen, del impacto que fue verlo ahí, aparecido, a un metro del alambre. Quien domina el arte de las palabras puede dibujar con letras, y para quien las lea será como verlo, será como sentirlo.

A lo que voy es que me asaltó ese miedo, el de confundir los cuerpos, o peor, el de olvidarlos, así que fui a buscar la cámara y le saqué una foto. Pensé: igual no las voy a revelar. Después me senté al lado y lo miré. El cuerpo chiquito, huesudo, medio envuelto en la manta. Lo miré mucho tiempo, por fin tranquila, entregada a estar con él, y cuanto más lo miraba más me parecía entender que el cuerpo tenía su propia existencia, su propia manera de estar en el mundo. Porque esa quietud de cosa muerta no era más que apariencia. ¿Cómo explicarlo? Lo que por fuera se mantenía inmóvil por dentro sería movimiento puro. Las células se estarían desintegrando, el corazón se estaría volviendo piedra, las venas comenzarían a tensarse como cuerdas de ropa. Todo trabajando al interior en un secreto estremecimiento. Pero qué difícil imaginar eso detrás de la quietud, igual que imaginar un mundo habitado dentro de la montaña: hormigas cavando túneles, lombrices trabajando para que la tierra se vuelva fértil, raíces hundiéndose más profundo para sostener el árbol.

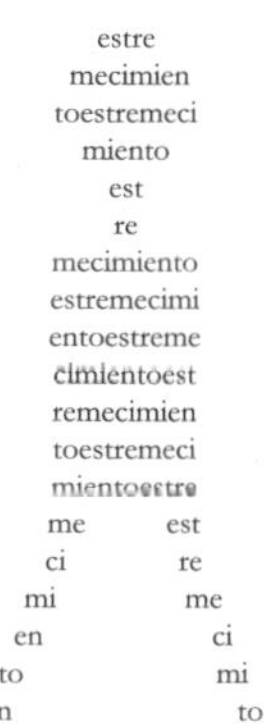

El monte y la montaña ¿son la misma cosa? No. La montaña contiene al monte. Si la montaña fuera una cabeza, el monte sería el pelo largo y rizado que le cae por detrás.

Muy largo y muy tupido. Sedoso no, más bien áspero y opaco como el pelo de los animales. Al monte pueden arrasarlo y sin embargo la montaña seguirá estando. Los peligros viven en el monte, no en la montaña, que no se interesa por nada de eso.

El sol se oculta a mi espalda, al otro lado de la ciudad roja. Cada tanto, cuando la nube se levanta y el cielo se abre, el sol poniente ilumina el monte. Es como si un gran fuego lo consumiera. Los verdes se encienden, hasta los más opacos y gastados. Si el sol pega en el monte, lo verde lanza reflejos y es como si revelara muchos tesoros escondidos entre el follaje. Allá brilla un cofre y allá un dije, un anillo o no sé qué. Pero eso no pasa tan seguido y por lo general el monte vive en la sombra. Tal vez si el sol le pegara todos los días se convertiría en otra cosa, algo lleno de flores, pero flores distintas a las de ahora, más rozagantes, más llenas de color, no esas alegrías silvestres que nacen despeinadas al borde del camino ni esas orquídeas pálidas que son más animales que otra cosa. Antes del amanecer, o mejor dicho, antes de *mi* amanecer, porque el sol ya salió hace rato cuando finalmente se asoma tras el bosque de niebla, el monte oscuro se expande como una mancha de humedad sobre el colchón.

Cuando era chica, mi madre me decía: Vivís con la cabeza en las nubes.

Yo sé lo que es vivir dentro de una nube, pero me resulta difícil explicarlo acá.

¿Cómo se escribe una nube?

No alcanza con decir que está hecha de gotas: el viento detenido, la lluvia que espera. Es como si la lluvia estuviera atrapada dentro de una red, con miles de gotas esperando a que la red se rompa o a que alguna de ellas logre abrir un huequito y ayude a que las otras también se escapen. Pero lo raro es que la red y las gotas son la misma cosa. No sé si me explico. Pienso en la red que mi abuela se ponía en la cabeza para asegurar los ruleros. Pienso en la red que sirve para transportar papas. Nada de eso se parece a la nube, donde las gotas conforman los hilos de esa misma red. ¿La nube se atrapa a sí misma o es como un imán que atrae la humedad?

Puesto así, una nube es solo una palabra.

Esta n u b e son cuatro letras y nadie podría afirmar que esta n u b e tenga algo que ver con la masa turbia y suspendida que ahora veo por la ventana.

¿Cómo se escribe, entonces?

A veces pueden pasar semanas sin que aparezca uno. Ya no intento adivinar cuándo aparecerá, no intento quedarme despierta o descifrar el ladrido de los perros. Al principio, sí. Si alguna noche la jauría ladraba más de lo normal, o si el ladrido bajaba y sonaba sin eco, como si estuviera al lado del portón, yo pensaba: va a aparecer, mañana aparece, pero cuando iba temprano a rastrillar la zona no encontraba ninguno. O si intentaba quedarme despierta para ver el momento en que un cuerpo aparecía, podía esperar y esperar sin ver nada más que la oscuridad expectante de la montaña, y era cuando más tardaba en aparecer uno. Como si el cuerpo dijera: No quiero que nadie me vea en el proceso de convertirme en cuerpo.

Así que dejé de intentarlo. Ahora espero sin esperar, como cuando me visitaba el hombre de la montaña, y aunque no espero con la cabeza (digámoslo así), sí espero con el cuerpo, por eso no bajo tanto a ver al Celador. Si me ausento demasiado, si dejo la montaña sin vigilancia durante mucho rato, puede que algún cuerpo aparezca y se quede sin ser encontrado. ¿Y qué si los gallinazos le picotearan los ojos? ¿Qué si los perros le arrancaran las orejas?

Mi abuela decía: Hay que ser como los Rurales, que ya no esperan nada.

Mi madre se santiguaba en cuanto oía mencionar a los Rurales y hacía: Chus, chus, como si espantara un espíritu.

A mitad de camino entre Pueblo Pobre y la caseta del Celador hay un gran cultivo de papa, unos invernaderos y ese puñadito de casas que llamamos los Rurales. En esos ranchos solo viven viejos, algunos tan cerca de la muerte que tienen la sangre transparente y cuando se cortan (dicen) sale un líquido como de lágrimas.

Viven ahí, los Rurales, porque se negaron a irse cuando los hombres de la montaña quisieron echarlos. Se pararon en la puerta de sus ranchos, tan tiesos como palos, y los hombres de la montaña, aunque tenían armas, no se animaron a tocarlos. Los viejos brillaban en la noche, con esa piel sin sangre, dura como el pollo seco.

Los dejaron quedarse, y aunque ya eran muy viejos entonces ahora son como animales que han olvidado las palabras. Plantan y cosechan papa y lo hacen en silencio. Se ocupan de los invernaderos, también, donde cultivan flores que nunca ven la luz de esta tierra: se van directo para algún país del norte. Los viejos se mueven dentro de los invernaderos como sombras y solo se escucha el murmullo de las hojas.

Antes de irse, los hombres de la montaña les dieron a los viejos una paliza. Les pegaron y les pegaron, pero siempre esquivando la cabeza, y al final les dijeron:

Acá se quedan, pero no hablan.

Dijeron:

Al próximo que diga una palabra le cortamos la lengua.

Eso pasó hace mucho tiempo. Tanto que cuando mi abuela decía: Hay que ser como los Rurales..., yo no entendía qué quería decir eso. Ahora ellos se hablan con señas. Se comunican con el movimiento de los ojos o con el sonido de la mente. Así son los Rurales, y hay quienes prefieren dar toda la vuelta por atrás de los invernaderos con tal de no pasar cerca de sus ranchos.

Hace unos días bajé a ver al Celador y lo encontré maniobrando con una caja de madera. Me explicó que había encontrado unos rulemanes y estaba haciendo una mesita.

Va a tener que dormir afuera si quiere que le entre esa mesita, dije.

Para eso son las ruedas, ¿no? Cabe abajo del catre. Y también la puedo sacar afuera.

Ojo no se le moje. ¿La va a barnizar?

Ni que el barniz fuera impermeable.

No, pero a mí me gustan los muebles barnizados.

Capaz que la barnizo si me viene a ver más seguido...

La mesa nueva lo tenía de buen humor. Lo distraía del aburrimiento de vigilar el tramo de asfalto roto. Hacia el norte, una nube se alargaba como plomo derretido sobre la ciudad roja. Ya estaría lloviendo en la ciudad (se veía el borrón gris cayendo sobre los edificios) y no faltaba mucho para que la nube se posara también sobre nosotros.

Se viene la lluvia, dije, Mejor voy yendo.

Él agitó la cabeza, desilusionado.

Ya nunca tiene tiempo para nada, dijo, Se hace rogar.

Pero yo quería estar sola, dedicarme a esperar (aunque no esperara): un pensamiento me rondaba la cabeza.

Nos vemos al rato.

Sí, sí, dijo el Celador.

El pensamiento del que hablo llevaba tiempo acechándome. Me ronroneaba en la oreja y poco a poco se iba imponiendo sobre los demás. Ojalá los pensamientos fueran mudos, pero un pensamiento mudo es como una nube sin agua. Cosa que no existe. Este había empezado como una cosquilla en la mente y pronto terminaría por ocupar todo el espacio. Mientras subía por el camino destapado veía adelantarse una bota y después la otra, la suela amarilla, el caucho negro, el crrr, el crac, el ripio contra la bota, alguna piedrita salpicando a los costados y, por debajo, aquel siseo.

¿Qué quería decirme el pensamiento?

Pongámoslo así: si un cuerpo está acá es porque no está en otro lado.

Es decir que lo que yo tengo está haciendo falta en otro lugar.

¿O no?

No, no. Le chisté al pensamiento para que se fuera y por unos días me dejó tranquila.

Ahora va y viene.

Yo me hago la boba.

Quiero creer que los cuerpos aparecen sin que traigan colgando ninguna otra palabra.

e.tre
me…i.n
t.e.tr.m..i
m…to
e.t
..
m.c.m..nt.
.s.r.m.c.m.
e..oe…e.e
.m..n..e.t
.e..ci.i..
..e…e.…
m…..e.t..
.. ..
.. ..
.. ..
. .
. . .
. .

Raimondi, ¿qué se cuenta allá abajo?

Ni me hable. Esa gente no sirve para nada.

¿Qué pasó?

Figúrese que hicieron una huelga.

¿Y eso para qué?

Que en contra de la cantera, figúrese nomás.

¿No les gusta la cantera?

Esa cantera no es para que te guste o te deje de gustar. Esa cantera le da de comer a toda esa gentuza.

Dicen que la cantera abrió un cráter del tamaño del pueblo entero. Que los animales que bajan se quedan ciegos y después, deslumbrados, no pueden volver a sus nidos.

Dicen, dicen…

El disgusto le hacía bambolear la cabeza.

Sacarle tema al Celador es cosa seria. Solo a veces me cuenta algo y entonces habla y habla hasta que se queda sin cuerda. Pero la mayor parte del tiempo no le gusta que le tire de la lengua. Si le pregunto alguna cosa me devuelve la pregunta y casi siempre termino hablando sola. Antes me mortificaba. Hubo un tiempo en que le di muchas vueltas a eso de no tener de qué hablar. Me parecía que una conversación no era algo que se tuviera, sino algo que se hacía. Ahora sé que no. Los temas funcionan como monedas, y cuantas más monedas tengas, más te mejora la vida.

Dije: Amaneció turbia la montaña hoy.

Y él: Qué me importa a mí esa porquería.

¿Por qué la odia tanto?

¿Usted qué prefiere: una piel lisita o una piel llena de forúnculos? El tío de mi madre tenía las piernas así, todas cubiertas de forúnculos y pus que le chorreaba por la pantorrilla. Uno al lado del otro, la piel se le rompía al viejo ese. Y mi hermana tenía que cambiarle las gasas. Yo no, yo no lo tocaba ni con un palo, y más de una vez vi a mi hermana llorando mientras lo curaba.

¿Y por qué lo hacía?

Qué sé yo, alguien tenía que hacerlo.

Iba a decir que nos quedamos un rato en silencio, el Celador y yo, pero la radio estaba prendida y la vibración de la música competía con el canto de las chicharras.

Bueno, dije, mejor voy yendo.

¿Ya?, dijo él, Si quiere verme contento, venga mañana.

Bueno.

Pero al día siguiente no bajé, ni al otro ni al otro.

A veces miro por la ventana y siento que la montaña me acepta. Otras veces siento que no, y me digo: Mirá si la montaña te va a elegir a vos.

Estuve no sé cuántos días sin bajar y cuando por fin lo hice encontré la caseta cerrada. Se habría ido para Pueblo Pobre. Ya me estaba devolviendo cuando oí un chiflido y, a lo lejos, por el camino de asfalto roto, vi la sombra del Celador agitando los brazos. Llegó todo sudoroso y dijo varias veces «Qué milagro».

Mujer, la llamé con el pensamiento.

¿Será?, dije yo.

Se está perdiendo buenas películas.

¿Y qué novedad trae de abajo?

Ni me hable, mujer.

¿Sigue la huelga?

Están bloqueando el paso de los camiones.

¿Y qué van hacer?

Un día de estos voy a bajar con una escopeta, dijo el Celador, Eso voy a hacer.

Abrió el candado de la caseta y descargó su mochila sobre la mesa. Se puso a sacar cosas: botellas y paquetes de comida. Después giró hacia mí, escondiendo algo en la espalda, y dijo:

Cierre los ojos.

¿Qué es?

Adivine.

¿Puedo tocar?

No haga trampa.

¿Es algo que se come?

Frío, frío.

¿Es algo para pasar el tiempo?

Tibio.

Me rindo, dije, y abrí los ojos, Ahh, no se hubiera molestado.

Pero me tiene que prometer que va a escribir un libro entretenido, ¿eh?

El cuaderno tenía una buena tapa, de cartón grueso, y al abrirlo subía ese olor a cosa nueva que a mí desde chiquita me avergonzaba. El olor a papel nuevo es distinto a cualquier otro. Los demás olores se agarran a la casa y no hay quien los saque. Con este es al revés: cuanto más una intenta agarrarlo, más él se va. Cada vez que abrís el cuaderno se escapa otro poquito, y las páginas manoseadas, escritas, rayadas, empiezan a curvarse por la humedad y luego huelen a la cebolla que te impregna los dedos. Pero hay otra cosa que no me gusta y es que el olor a nuevo también te juzga. El olor a nuevo grita: ¡Usted no ha escrito lo suficiente!, y es como si todo el mundo se girara a mirarte. En el fondo a mí me incomodan las cosas nuevas porque no quiero que nadie me señale. Si alguien tiene un auto nuevo, todo el mundo lo ve. Si una mujer va vestida con ropa nueva, todo el mundo piensa: cómo la habrá conseguido. Prefiero las cosas que ya fueron de alguien más y que llegan a mí cansadas, comunes y corrientes. A mi madre, por el contrario, le daban vergüenza las cosas viejas. Le parecía que la llamaban «vieja» a ella, como si una envejeciera al ritmo de sus cosas. Decía: ¡Qué lindo usar un mantel una sola vez y tirarlo a la basura!

Anoche llovió y los relámpagos fueron los faroles de la montaña. Los truenos sonaban como una enorme resquebrajadura, como si todos los árboles se partieran al mismo tiempo. Así es acá, pero el miedo no se va por el hecho de ser costumbre. De chica me gustaba imaginar joyas en el cielo. Mi madre decía que el rayo era el dedo de Dios y que podía aplastarnos como nosotros aplastábamos a las hormigas. Y era cierto que yo a veces pisaba hormigas porque sí nomás, incluso teniendo más espacio por donde caminar, y pensaba: total son muchas. Pero mi abuela mandaba callar a mi madre: Qué Dios ni qué ocho cuartos, decía, Es la electricidad del cielo. Y yo me quedaba pensando (cosas de chiquilina) cómo era posible que la electricidad de las ciudades hubiera llegado hasta el cielo sin ningún cable y cuántas bombitas se necesitarían para encender los relámpagos. A veces a mi abuela se le refundía una media y podía buscarla durante semanas, levantando sábanas y barriendo bajo los muebles, pero la media no volvía a dejarse ver. Entonces mi abuela decía: Qué misterio. Y a mí me gustaba esa palabra, que en sí misma se me antojaba misteriosa. Un misterio es como la huella de un borrón sobre la hoja. Sabés que ahí hubo una palabra, pero no sabés cuál ni nunca vas a saberlo. Lo que queda es la huella, y cuanto más la mirás más te parece que vas a descubrirlo, pero ella está ahí como diciendo: ¡Misterio!

Mi madre decía: Moisés vio a Dios dentro de un arbusto. Con eso intentaba decirme que debía ir atenta por el mundo, porque las señales podían encontrarse en la maleza más tupida, en el fondo más oscuro de las cosas. Y algo así sentí esta mañana al despertar hundida en la nube, con la certeza de que los sueños interrumpidos por esos rayos formaban una sola gran imagen que escondía un misterio.

¿Cómo explicarlo?

Digámoslo así: en la mañana apareció uno, y aun sin saber con qué había soñado, supe que la montaña me lo había advertido. Salí de la cama y fui derechito al lugar exacto.

El cuerpo estaba todo mojado, hinchado de lluvia. Hice lo de siempre y lo subí a la carretilla, pero en vez de limpiarlo en el jardín, empujada por esa misma certeza que me hizo abrir los ojos, me mandé para la casa con carretilla y todo. Recién cuando lo descargué sobre la manta extendida en el suelo pude ver que tenía las manos todas llagadas con heridas que parecían quemaduras de cigarro. El cuerpo despedía un olor feo que subía de la ropa, podrida de tan húmeda. De cerca vi que las yemas de los dedos —muy blancas, ya sin sangre— se le habían arrugado. Intenté sacarle el pantalón, pero el olor me detuvo. Arrastré la manta hasta el baño y acomodé el cuerpo en el espacio de la ducha. Le saqué la ropa, ahora sí, y efectivamente encontré excrementos en la ropa interior, pegada a los muslos. Metí la ropa en doble bolsa de nailon y cerré con un nudo. En otras partes, no solo en las manos, había llagas abultadas y secas. Lo lavé con agua y jabón, desprendiendo las costras que no sangraron a pesar de frotarlas con el trapo. Quería que oliera bien, no darle el gusto a nadie de arrugar la nariz y poner cara de asco.

Pensé en el Celador y de inmediato una puntada me estrujó el vientre. En aquella época, me dije, cuando el veneno se me subió a la sangre, creí que la montaña me había abandonado. Pero la montaña no juzga al buitre ni a la carroña. El veneno se había ido llevándose consigo el recuerdo de mi madre (una figurita negra con el chal sobre la cabeza) y desde entonces me sentía tranquila, distante de aquel pasado. ¿Dónde estaría? ¿Qué parte de la ciudad roja habría elegido mi madre para morir? Trataba de no pensar en eso. Si el pensamiento me producía algún temblor, se lo atribuía al frío. Si el corazón se me agitaba, se lo endilgaba a la altura. Todos los días miraba hacia la montaña y en silencio le pedía: Enséñame a vivir.

El agua se había derramado fuera de la ducha hasta inundar el piso. Era difícil maniobrar con el cuerpo. Yo misma estaba empapada, en cuclillas y con el pantalón arremangado. Sequé el cuerpo lo mejor que pude, con golpecitos de toalla, y agarré el peine. Un olor dulce a leche hervida subía de la piel. Rastrillé el pelo lleno de nudos e intenté ponerlo lindo: le acomodé un mechón sobre la frente, ocultándole un poco el ojo hinchado. Le saqué dos fotos: una solo de cara y otra de cuerpo entero. Después volví a subirlo a la manta y tiré de ella hasta la carretilla. Hice la maniobra de siempre (primero el tronco, después las piernas) y salí a buscar un pedazo de tierra alto, que no estuviera tan anegado por la lluvia.

Qué cosa rara fue ver el cuerpo desnudo sobre la carretilla —el frío del cuerpo sobre el frío del metal— a plena luz del día.

Pero no hubiera podido ponerle la misma ropa maloliente y sucia.

Desde el inicio de la huelga los camiones ya no subían y las marcas de las llantas se habían ido secando. Al Celador le daba miedo que, por culpa de la huelga, el dueño agarrara su cantera y se la llevara para otra parte. A usted también debería preocuparle, me decía, pero yo pensaba: tendrían que llevarse las máquinas, encontrar otra montaña sin dueño. En el fondo, a mí me parecía imposible que se fueran sin nosotros.

¿Y adónde se van a ir?, decía yo.

Qué sé yo, mujer, esa gente lo que tiene es lugar a donde ir.

Pero después nos girábamos para mirar a los lejos, sobre la ciudad roja, y en el horizonte resaltaban los cuellos de las máquinas, el humo negro de las chimeneas, la silueta de las fábricas. Fábricas de cosas que nosotros ni llegábamos a entender. Las montañas que rodeaban ese gran valle que era la ciudad hervían de luces. Parecían incapaces de sostener otro edificio, otra grúa, otro aserradero, y ahí volvía a instalarse la certeza de que cada cosa estaba en su lugar y de que no había otro para la cantera ni para el pueblo ni para nosotros.

Yo no recordaba un mundo anterior a las máquinas. Mi abuela decía que las máquinas trajeron enfermedades sin nombre, que la gente en aquella época moría como moscas. Les salía un tumor en la cabeza, otro en el ojo, otro en el pie y así así. No había manera de anticipar en dónde te saldría el tumor. Un día amanecías con la lengua hinchada o el estómago se te volvía una piedra, te brotaba una pústula en la garganta o se te retorcían los dedos. Así fue al principio, decía mi abuela, cuando recién llegaron las máquinas. Pero a mi madre esas historias le daban risa. Qué disparate, decía, Mirá si eso va a ser verdad. Según ella, la gente se moría porque no lavaba bien la lechuga. La gente se moría porque había cortes de luz y la carne se pudría en las heladeras y luego se la comían igual. Todo mejoró desde que aparecieron las máquinas, decía mi madre. Y era cierto que ya no había cortes de luz. A mí me costaba imaginar un mundo oscuro, porque desde que nací las máquinas llevaban la electricidad hasta la casa más alta de la montaña más alta y abrían caminos y túneles como quien escarba con el dedo.

El Celador decía:

Las huelgas son contagiosas. Si arranca acá, puede seguir de cantera en cantera hasta el otro lado. Y ahí sí van a volver los cortes de luz.

Pero la huelga se terminó. Yo no me enteré hasta bastante después, ocupada como estaba. Un día bajé a la caseta y encontré al Celador todo alborotado, armando el bolso. Los hombres de la montaña lo habían mandado llamar. Se lo llevaban con ellos por unos días.

¿A dónde?, le pregunté.

A la cantera.

¿Y no le dijeron para qué?

No me dijeron.

¿Y por qué lo necesitan a usted?

Qué sé yo, mujer. Me necesitan y punto.

Después se queja de que no lo visito, dije, ¡Si no me cuenta nada!

Desde que levantaron la huelga descargan más de lo normal, dijo el Celador, Los camiones están dando vueltas toda la noche y mandaron máquinas nuevas, necesitan operarios.

¿Y quién va a vigilar el camino si usted no está?

Algo me ocultaba el Celador, podía notarlo por la manera en que me esquivaba la mirada. Yo quería decirle: Usted y yo nacimos para vigilar, no para ser vigilados, pero me hice la desinteresada. Pensé en el cuerpo que me esperaba arriba.

¿Me trajo el nailon?

Le traje.

¿No es muy finito?, a ver.

El más grueso que había.

Bastante finito es.

Si es para el techo, aguanta.

Agarré el rollo, tan alto como yo misma, y lo levanté del piso. Pesaba bastante.

Gracias por el rollo, dije.

No hay de qué. ¿Va a estar bien estos días sola?

¿Yo?

Quién si no.

Yo tengo trabajo para rato.

¿Y ya terminó de escribir el libro?

Más o menos. Estoy en un punto importante.

Importante, se burló él, Mire nomás, yo me codeo con gente importante.

¿Y cuándo lo traen de vuelta?

No sé, mujer, no sé.

En unos días bajo a ver si volvió…

¿Cómo? ¿Ya se va otra vez?

Este rollo pesa bastante, dije.

Si me espera la ayudo a subirlo.

No hay necesidad.

¿Sabe en qué pensaba recién?, dijo el Celador, Si un día hacen la película de su libro, yo quiero verla acá, en Telecatástrofe. ¿Se imagina?

Una película, me reí, ¿Y yo dónde estaría?, a ver.

Acá. La veríamos juntos, ¿qué le parece? Aunque si ya le hicieron la película, entonces va a ser famosa y estará viviendo en otra parte.

Qué dice. ¿En dónde voy a vivir, yo?

En una mansión, en otra parte.

Yo no quiero vivir en otra parte, dije, Además, ¿se imagina el trabajo que da limpiar una mansión?

El Celador movió la cabaza como diciendo: qué caso.

¿Y qué va a hacer con todo ese nailon, mujer?

Arreglos, arreglitos, dije.

Estaba ansiosa de volver con el cuerpo. Lo había dejado en la sala, envuelto en la cobija, ya limpio y sin ropa. Parecía una parte de mí. Era la punta de un pensamiento que se ajustaba en la base de mi cabeza como en la entrada de un túnel, pero no se animaba a atravesarlo. *Parecía una parte de mí.* Imposible.

¿Por qué imposible?

¿Cuántas veces una mujer no daba a luz un cuerpo muerto, un niño que era apenas una bola de carne?

Y no por eso era menos madre.

Aquel pensamiento siguió taladrándome durante días. Me hizo un hueco finito y hondo en el pecho, como el que dejan los gusanos de la madera.

Me acordé de lo que decían las mujeres de Jehová:

Así como los árboles dan frutos, así el Señor te da.

Eso era algo que yo podía entender, pero les pregunté:

¿El señor puede darte algo podrido?

No, dijo la alta, el Señor solo nos da bendiciones. E incluso esas cosas que a los pecadores nos parecen malas pueden ser una bendición. Las bendiciones a veces llegan disfrazadas de dolor, pero es mediante el dolor que el Señor nos enseña.

Aquella tarde subí casi corriendo, sin aire de tanto trote, y al llegar me arrodillé junto al cuerpo y lo abracé. Nunca lo había tocado de ese modo, sin el cepillo, la esponja o la toalla, una barrera que separaba lo mío de lo ajeno, que decía no, no, no. Ahora el frío del cuerpo decía sí y mi sudor decía sí sí sí, mientras poco a poco lo iba calentando. Le murmuré algunas palabras sueltas, atropelladas, pero podría jurar que al contacto de esos sonidos el cuerpo fue cediendo a la forma de mi abrazo.

Cuando mi madre me tuvo me habrá visto igual, amoratada y suelta, porque yo nací con el corazón detenido, la garganta apretada por el cordón que me unía al mundo y al mismo tiempo me mataba. Así empezamos, yo muerta y mi madre matándome. Y esta niña que apareció en mi jardín, con la sangre estancada en la espalda, casi violeta la espalda, mientras el resto del cuerpo era de un color que no se parecía a nada (el color de los órganos quietos), esta niña, digo, era como un recuerdo de mí misma al nacer.

Ay, pero se veía tan linda.

Incluso con esa mancha que le dibujaba un mapa alrededor de la columna, la sangre inútil en el cuerpo, la cara dura como una piedra.

Me costó mucho desprenderme. Me parecía que mis manos no querían agarrar la pala, que la pala no quería abrir la tierra, y cuando por fin la tuve en el hueco, acomodada en esa cuna negra, la miré como se miran las cosas que nunca vas a entender en esta vida.

Antes de tapar el hueco junté unas flores de la acacia y las tiré adentro. Tanta pena me dio separarme que dije: ¡Ojalá no vengan más cuerpos!, ¡Ojalá la montaña se apiade de mí!, pero enseguida levanté la cara hacia el bosque de niebla y susurré: Mentira, es un decir, y me puse a echar tierra sobre las flores amarillas.

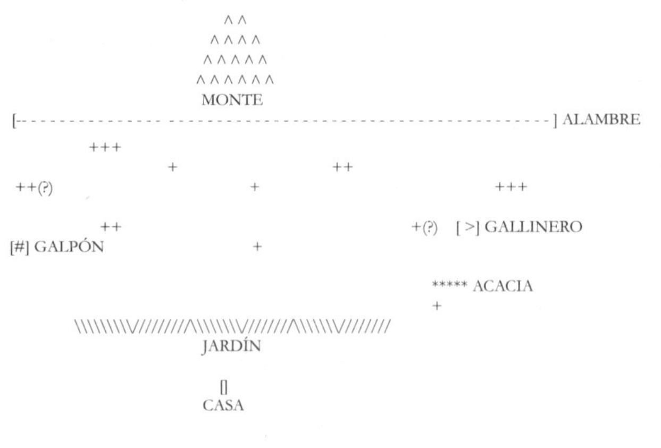

Mi abuela me contó que antes, cuando el pueblo ni siquiera era el pueblo de los locos y apenas se juntaban unos ranchos aferrados a la ladera de la montaña, las calles no tenían nombre. Nadie podía mandarte cartas, nadie podía hacerte visita excepto que fuera preguntando a los vecinos y nadie iba a encontrarte si no era en relación con otra cosa: al lado del roble, atrasitos de la tienda, doblando en la casa alta, subiendo hacia la montaña, y así así. Porque al principio el pueblo era lo que se dice un barrio de invasión. Eso significa que los que pusieron las primeras casas no tenían derecho a levantar sus paredes ahí. Antes de ser Pueblo Pobre había sido el pueblo de los locos, y antes de eso había sido tierra de nadie. Pero todo el mundo nace sabiendo que ninguna tierra es de nadie. Toda tierra tiene un dueño, y el dueño puede poner un alambre, una cruz, un portón, o puede no poner nada si no le da la gana. Pero la tierra sigue siendo suya, y no es cuestión de que uno vaya y coloque un techo sobre suelo ajeno. Sin embargo, una vez que la invasión empezó, dijo mi abuela, no hubo quien pudiera pararla. La gente se colgó de los cables de la fábrica para tener luz, pavimentaron las calles, abrieron tiendas y, cuando ya parecía que no entraría otra casa, el pueblo creció hacia arriba: se construyeron casas sobre casas, y la casa de arriba hizo que la de abajo se torciera. Así, más o menos, uno honraba a su familia: los primos sobre los tíos y los hijos sobre los padres, los yernos sobre los suegros y los nietos sobre los abuelos.

Eso fue mucho antes de que abrieran la cantera.

El día que llegaron los hombres del dueño en sus camionetas blindadas, vestidos como nadie se vestía, con chaquetas y botas largas, el pueblo se alegró. Las gentes que hasta ese momento no hacían más que estar echadas en el suelo (llevaban años, desde el cierre del hospital, echadas en el suelo) se levantaron y se sacudieron los pantalones. Curiosos, se acercaron a oír lo que el capataz estaba diciendo por su altavoz. Decía que ahora este pueblo (este pedazo de montaña) era propiedad de la cantera y que todo el que quisiera trabajar para la cantera podía hacerlo. A nadie le faltaría nada. Este ya no sería un pueblo pobre, dijo, desde ahora se iba a bailar y a comer y hasta tendrían un día libre al mes solo para adorar a la cantera, que describió como un pozo del que brotaría la prosperidad como el agua brota del páramo. Brotarían comodidades, dijo, motos, parlantes inalámbricos y pañales desechables. Ninguna mujer volvería más nunca a lavar un pañal ni a pisar una manzana con el tenedor para hacer papilla. De ahora en adelante, la papilla vendría envasada. Las verduras ya no se venderían sueltas, sino en bandejas con papel vinilo. Ya no se usarían hachas, sino motosierras. El capataz dijo: El que pertenezca a la cantera nunca más estará solo, y pidió a los hombres que se organizaran en una fila y mostraran el documento. Al principio algunos hombres se pusieron nerviosos.

Ustedes no son de Pueblo Pobre, dijeron.

No, dijo el capataz, Nosotros no somos de ningún lado. A nosotros nos manda el dueño de este lugar.

La desconfianza no duró mucho porque las mujeres empujaron a los hombres y los llamaron vagos, borrachos, inservibles, y a punta de palabras los fueron colocando en la fila. El capataz iba acompañado de otro hombre que se encargaba de anotar todo en una planilla. Una mujer dijo: Se terminó Pueblo Pobre, y se abrazó con otra. La otra dijo: ¿Ahora cómo vamos a llamarnos?, y por la noche se organizó una fiesta que duró todo el fin de semana. Pero al final el pueblo se quedó con el mismo nombre, se había hecho costumbre. Los hombres ya no se la pasaban tirados en el suelo, sino que subían y bajaban. Los veíamos subir, a pie o en las cajas atiborradas de las camionetas, y cuando bajaban, al caer el sol, llegaban empolvados de pies a cabeza como estatuas de cal, con los pelos tiesos de tan sucios. Y por la noche se escuchaban toses. Pero eso fue después, porque primero vino la fiesta, y hasta mi madre se levantó de la cama y se duchó como Dios manda. ¿Será que aquella noche mi madre pensó que ella también trabajaría para la cantera? ¿O será que la alegró la llegada del plástico?

No sé.

Lo que quiero decir es que los cuerpos (limpios, peinados) ahora ocupan el espacio entre mi casa y el alambre. Han ido invadiendo esa tierra que era mía por orden del dueño de la montaña y han ido construyendo sus propias calles subterráneas y sin nombre. Hace un rato, mientras tendía la ropa, pensaba: si un cuerpo hace falta en otra parte, puede llegar el día en que vengan a buscarlo. ¿Y cómo van a encontrarlo si ni yo misma me acuerdo dónde está cada uno? No hay marcas en la superficie del terreno excepto —si se mira bien— una sensación de tierra manoseada.

Por eso me decidí a dibujar un mapa. Primero en la cabeza, después en este cuaderno. Pasé días ubicando cada cuerpo en la memoria, trazando cruces en el papel sucio de borrones y tachaduras.

Pero ¿cómo ubicar los cuerpos en el mapa si ni siquiera tenían nombre?

Debía llamarlos de algún modo.

Me puse en la tarea de pensar el nombre perfecto para cada uno, aunque todos me parecían ridículos (porque no eran los suyos, no eran los verdaderos). Después de muchas vueltas me decidí por estos:

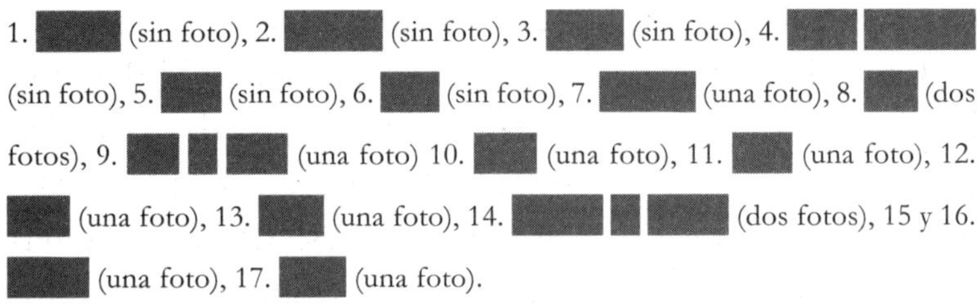

1. ████ (sin foto), 2. ████ (sin foto), 3. ████ (sin foto), 4. ████ ████ (sin foto), 5. ████ (sin foto), 6. ████ (sin foto), 7. ████ (una foto), 8. ████ (dos fotos), 9. ████ ████ ████ (una foto) 10. ████ (una foto), 11. ████ (una foto), 12. ████ (una foto), 13. ████ (una foto), 14. ████ ████ ████ (dos fotos), 15 y 16. ████ (una foto), 17. ████ (una foto).

El mapa, tal como pude reconstruirlo, quedó así:

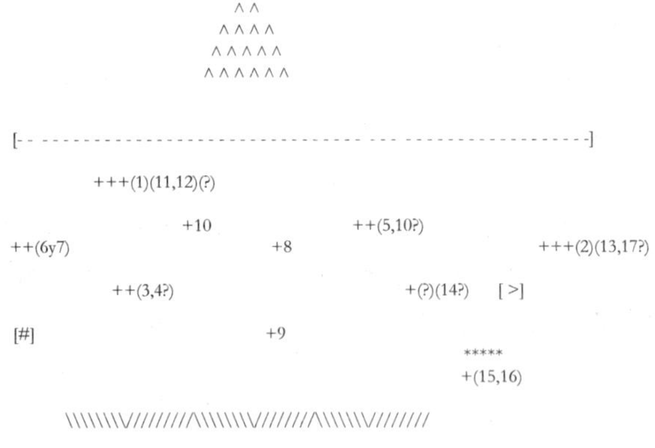

Para la fiesta de la cantera se degollaron lechones y se mataron pollos. Las mujeres encendieron fogatas donde se quemó todo lo viejo y armaron carpas, adornadas con bombitas de colores, para vender lo que tuvieran. Los hombres sacaron parlantes a la calle y los chiquilines organizaron un torneo de fútbol. Toda esa algarabía yo la encontraba ajena. Mi abuela seguía muerta. La esperanza que había revivido al pueblo entero no revivía a mi abuela, y aquello me resultaba incomprensible. ¿Cómo explicarlo? Nada reviviría a mi abuela, que seguiría muerta durante todo el tiempo que yo estuviera viva.

En la fiesta me sorprendió ver a la maestra Nidia muy bien pintada y con un vestido largo. Bailaba bajo las guirnaldas y algunos niños le tiraban pedazos de choripán escondidos detrás de los medio tanques. Mi madre se había sentado en una reposera de playa al lado de una señora que vendía bebidas. Entre las rodillas apretadas sostenía una botella de cerveza.

Vení para acá, me gritó, Dejá tranquila a la maestra.

Yo no tenía intenciones de tirarle nada a la maestra, ni siquiera la había saludado. La pista de baile era la calle misma y entre las piernas de los bailarines deambulaban los perros, atentos a cualquier cosa que cayera del cielo. Unas vecinas pasaron con bandejas repartiendo choripanes y yo comí dos enteros porque mi madre no quiso el suyo. Sobre una pequeña tarima había un animador con un micrófono y desde ahí invitaba a los bailarines a levantar las manos, luego a formar una ronda. ¿A ver esas manos?, decía, ¡Arriba las manos! Los niños chicos correteaban a los perros y dos por tres ligaban alguna patada. Los grandes tiraban chasquibunes a la pista para que los bailarines los pisaran, de modo que a ras del suelo alumbraba un reguero de chispas.

Yo pensaba: la abuela tenía buena mano para las plantas

sacaba un cogollo nuevo de una planta vieja que era la hermana la hija la nieta de la planta original

y al tocarlo con su mano buena las hojas se abrían

los brazos fornidos de mi abuela golpeaban la masa de ropa sobre la pileta gris, ondulada, dura

y pam pam pam, la ropa giraba entre sus dedos como un huevo húmedo y sus manos decían:

yo soy un pájaro

alborotaba las alas igual que los canarios cuando se sacuden en el bebedero, hinchados, alegres, y no tenía colgajos en los brazos como otras mujeres que no trabajaban.

¡A mover las manos! ¡A mover los pies!

¡Arriba! ¡Arriba!

Las manos de mi abuela eran tibias como trapos. El pellejo se le ablandaba y volvía a endurecerse, y ella lo frotaba con una lima gruesa. Se embadurnaba las manos con parafina y por eso olían a cera de velas. Con todo, el pueblo estaba tan contento que la esperanza se me iba contagiando. Si mi madre conseguía un trabajo en la cantera, yo ya no tendría que canjear envases en la fábrica de vidrio. Por las noches no dormía. A las botellas de mi madre le sumaba otras que salía a recoger entre el pajonal y mi bolsa se había vuelto más pesada. Ahora, cuando llegaba a la puerta de recogida los recicladores me saludaban sin asombro, dejándome saber que yo también pertenecía a la fábrica. Nos sentábamos sobre unos pallets desvencijados y ahí revisábamos nuestros envases. Había que retirar cualquier tapón, resto de metal o plástico. No te los aceptaban si no. Me había acostumbrado tanto a escuchar el sonido del vidrio al romperse que podía distinguirlo desde muy lejos. Por eso oí clarito cuando la primera botella se rompió y de inmediato se mezcló con el griterío de las mujeres. La música no bajó de volumen y mucha gente ni se enteró de nada, pero yo fui de las primeras en llegar y en ver a mi madre agarrada de los pelos con otra mujer mientras un hombre intentaba separarlas. Bajo el efecto de las luces de colores, no entendí enseguida que el hombre tenía el pelo todo encharcado en sangre y que mi madre le había partido una botella en la cabeza. El carrito de las bebidas estaba en el piso, la reposera también, y algunas botellas habían rodado lejos. Salté al medio de la ronda y agarré a mi madre por la cintura. Cinché de ella con todas mis fuerzas. De a poco, los golpes y las palabrotas de mi madre fueron soltándose de la mujer y clavándose en mí.

¡Atrevida! ¡Malcriada! ¡Palurda! ¡Yotevoyadar!, y así mismo me daba y me daba con los puños en la espalda, ahogada en su propio resuello, hasta que no pudo más y dejó que la arrastrara a casa.

Allá llegamos y la acosté, le saqué los zapatos y me eché a su lado sobre la cama. Nos abrazamos durante un rato largo en el que ella se durmió y yo me quedé oyendo la música de la fiesta, mientras los brazos se me iban llenando de hormigas.

La fiesta se alargó todo el fin de semana y nosotras no volvimos a salir de la casa. El olor a quemado atravesaba las ventanas y la música hacía vibrar los vidrios, pero las voces iban bajando. Recién el lunes por la mañana, cuando la música se apagó del todo, salí a recorrer las calles arrasadas, con las fogatas todavía humeando en las esquinas y ese olor tóxico de todo lo no combustible arrojado al fuego. Solo los perros se veían entre la basura rebuscando sobras, lamiendo los huesos limpios. No quedaba ya nada por matar, ni siquiera un pollo en los corrales vacíos. Me acerqué a una de las fogatas agonizantes: era como si ese calor me llamara. Adentro, entre la ceniza, había una rueda de bicicleta y el marco dorado de un cuadro sin lámina ni vidrio. Intenté reavivar el fuego soplando un poco. La brasa se encendió, aunque no lo suficiente para convertirse en llama.

A decir verdad, me siento más tranquila ahora que el Celador se fue a la cantera y puedo dedicarme sin interrupciones a mi labor. Si es cierto lo que dice el Celador, allá en la cantera hay máquinas que convierten la roca en diamante y que derriban árboles con tan solo un sonido. Las máquinas, dice él, funcionan sin que nadie tenga que montarse en ellas y saben cuándo tumbar, abatir, perforar, extraer, y cuándo detenerse. Vaya una a saber. Es posible que allá, en la cantera, el Celador se haya cruzado con el hombre al que una vez amé. Él le habrá estrechado la mano, extendiéndole una cerveza fría, de esas que llevaba para todos lados en su neverita de icopor, y por un momento la mano del Celador y la del hombre de la montaña habrán estado en contacto sin sospechar que otra cosa también los unía. El punto —esa mano— en que el amor y el veneno confluyen, digámoslo así. En lo demás, no se parecen en nada. Para existir, el amor se inclina, tiende hacia afuera, mientras que el veneno se repliega, queda agazapado en la sangre como una alimaña. Después hay que drenarlo, y drenarlo duele. Mientras que con el amor es al revés, solo duele si se queda apretado dentro.

Cuando el hombre de la montaña me visitaba yo sentía mis pechos hincharse hasta tocarle la mano, sentía cómo mi seno se llenaba de leche al solo llamado de sus ojos. Pero él no se dejaba acariciar. Le parecía que las caricias lo convertían en un niño. Decía: Solo mi madre me toca la cabeza, y sacaba la cabeza. Decía: Solo mi madre me toca la espalda, y con el hombro me desdeñaba la mano. Pero mis senos gordos de leche apuntaban hacia él, lo buscaban como diciendo: Yo soy tu madre.

Estar con el hombre de la montaña no servía para nada, y en eso también consiste el amor. Mientras que con el Celador había sido distinto, un servicio.

Hoy me senté bajo la acacia a desempercudir ollas. Es una acacia vieja, enferma, con el tronco agujereado y vacío, pero el único árbol que hay entre el jardín y el comienzo del alambre. Al resto lo talaron cuando construyeron esta casa. Los árboles pueden vivir añares con el tronco completamente hueco. El que sabe de árboles no ignora que el tronco es casi todo madera muerta. Solo la parte exterior, por donde circula la savia, tiene vida. Así, el árbol está vivo y muerto al mismo tiempo. Es algo loco pero científico. Yo me pregunto: ¿Por qué carga un árbol con todo lo que está adentro, los anillos que hablan de otros tiempos, si es solo madera muerta? Y a veces me respondo: Tal vez lo haga para acordarse de lo que fue, o tal vez lo haga para que alguien más lea en sus anillos lo que él vivió.

Pero mi acacia no tiene anillos ni nada, está completamente hueca, una cáscara terca como todo en esta montaña.

Antes disfrutaba mucho sentándome así, con la palangana entre los pies, mientras le daba duro y parejo a las ollas quemadas con la esponja de aluminio. Ahora ya no lo hago tanto porque la acacia atrae mucho bicho y también porque los brazos se me cansan. Las ollas de aluminio se empercuden con el uso y se van poniendo negras. Para limpiarlas hay que aflojar el tizne con bicarbonato, vinagre y agua caliente y frotarlas hasta que vuelvan a quedar brillantes. Mi abuela limpiaba las hojas de las plantas con un algodón embebido en leche y después se pasaba otro algodón por la cara, que salía igual de negro que el de las plantas. La fábrica de vidrio soltaba tizne y nos contaminaba la piel.

Incluso cuando estás durmiendo, decía mi abuela, ese tizne te está cayendo en la cara.

Y decía:

A las plantas también les cae, pero ellas no pueden quejarse.

A veces pienso: deberíamos inventar palabras nuevas para describir los sentimientos de las plantas. Para describir, por ejemplo, el sentimiento de respeto y alegría que es girar siempre en busca del sol, inclinándose hacia la luz, o la incertidumbre de perder hojas para dar lugar a las nuevas, o la incomprensión de que te arranquen un trozo de corteza. O el orgullo de la flor cuando el colibrí la elige para alimentarse. O la cosquilla que producen las patas de la abeja, que es juego y trabajo al mismo tiempo. A mí me gustaría que esas palabras fueran un sonido largo, una vocal, pero con un sonido distinto al *a e i o u*. Un sonido inimaginable, nuevo, un sonido hecho de olor, por ejemplo. ¿A qué podría oler el nombre del coquillo? ¿Qué olor emanaría el lamento del arrayán?

Quien ama realmente algo va a llamarlo por su nombre exacto. Por eso me entristece que el lenguaje de las plantas sea secreto. Si pudiera escuchar a las plantas, ¿qué dirían de mi abuela?

¿Qué diría el hongo que nació alimentándose de sus ojos?

¿Qué diría la flor que brotó comiéndose su lengua?

¿Qué diría la raíz que chupó el jugo de su estómago?

¿Qué diría la semilla que se parte como un diente y sube aturdida
por el suelo desnudo?

Querría saberlo.

La montaña

La mujer soñó con un ser informe. Un charco, aunque no plenamente un charco porque podía moverse, plantarse ante los ojos de la mujer, que yacía inmóvil en la cama. El ser informe sobrevolaba su cuerpo. Al deslizarse en el aire era como si chorreara sobre sí mismo. Con cada movimiento del charco la mujer recibía un vaho hediondo de agua estancada. Iba a vomitar, pero temía ofenderlo, porque a estas alturas la mujer ya había entendido que no se trataba de un charco (aunque tampoco dejara de serlo), sino de un dios. La mujer tuvo miedo: va a tomarme, pensó, y supo, con la sabiduría de los sueños, que al tomarla le arrancaría la piel, le llenaría la carne de gusanos, y de ese modo la haría su esposa.

El hombre soñó que era un bebé. Lloraba; le daba miedo la ausencia de luz. Al principio no notó que se encontraba en la oscuridad (creyó estar en un largo parpadeo), pero luego el pensamiento entró en él como inoculado por una gran mente y al mirar alrededor entendió que se encontraba solo, inmerso en la negrura más densa posible, no la del parpadeo, sino la del abandono. De esa oscuridad no se escapaba ni un reflejo, todo era absorbido y aniquilado. El hombre quiso gritar: «Mamá, mamá», pero cuando intentó articular aquella palabra solo le salieron babas. Las babas le llenaban la boca; lágrimas elásticas y espesas le petrificaban las facciones. Era como si cientos de gusanos de seda le estuvieran tejiendo la piel de la cara. Sintió los hilos plateados que le cosían los ojos, luego la nariz y la boca. Por la telita flexible de la seda se filtraba apenas el suficiente oxígeno. El hombre se retorció (quería ser larva), pero no alcanzó a moverse, apenas si pudo cambiar de posición en el mismo sitio. Tenía los brazos atenazados por un rebozo. Un murmullo, que el hombre distinguió como la voz de su madre, le dijo: «No pude hacer nada. Te llevaron, te arrancaron, y ahora estás en el infierno».

La montaña soñó con el hombre que cava. Esta vez el hombre venía acompañado de otros, sus cabezas envueltas en trapos. Los otros también cargaban picos y palas, pero se quedaron un poco más lejos, esperando la señal del jefe. El hombre que cava levantó alto su herramienta y estrelló el pico contra la roca. La tierra se ahuecó, pero no fue más que el pinchazo de una abeja. Después, como si brotara de entre los hombres, apareció la máquina. Avanzaba lento, aplanando el suelo, y los hombres se apartaron con reverencia. La montaña entendió que así era como los hombres parían, dando a luz a las máquinas. Endureció el cuerpo y se preparó para el golpe. Los dientes de la máquina desgarraron la montaña. Esa boca metálica arrancaba y escupía, pero nada pasaba por su garganta. La montaña supo, con la certeza que otorgan los sueños, que esto ya había ocurrido en otro lugar y en otro tiempo. Otras montañas, otro ríos, otros bosques. Oyó el canto de un grillo colosal, como el eco de aquellas muertes lejanas (solo que los grillos de los hombres tenían patas de acero). Varios pedazos de montaña salieron encastrados en los dientes de la máquina. Los hombres aplaudieron. Chorreaban semen por las piernas. Ignoraban que eran ellos quienes morían; creían estarse apareando. Un poco más lejos, donde el resto de los hombres que cavan se había sentado a comer y a esperar, brillaban trocitos de lata, esquirlas de botellas, restos de basura.

La vaca soñó con una viborita muy larga e inofensiva. Al afinar la vista, sin embargo, advirtió que no era tan larga, sino que dejaba rastros de movimiento. La viborita apenas se movía, solo *deseaba* deslizarse hacia adelante y con el puro deseo iba proyectando un murmullo que la vaca podía ver como un chorro de aire verde, similar a un sendero de pasto. Si siempre pudiera ver el deseo de los otros animales, pensó la vaca, ya no volvería a sentirse atada al mundo mediante una cuerda. La vaca exhaló todo el aire, vació bien los pulmones y su cuerpo se hizo semilla. Un pie muy grande partió la semilla y adentro encontró un reguero de raíces con la forma de una vaca diminuta. En el centro de su corazón de vaca (hecho de raíces), también había una viborita inofensiva deseando ser pasto.

La moribunda soñó que defecaba. Se levantó la falda con mucho esfuerzo y se acuclilló en el inodoro de una casa antigua. Relajó los intestinos y sintió cómo sus tripas se vaciaban; los excrementos le salían del ano con un ardor y al caer al agua le salpicaban las nalgas. La moribunda entendió que estaba expulsando la enfermedad; deseó ser perdonada y perdonó, pero fue como si su deseo se hundiera en esas aguas servidas y viajara arrastrado por el mismo caño que ahora se vertía en una playa lejana. Al rato se levantó, con la caca negra cayéndole en hilitos acuosos por el interior de los muslos, escoltada por una nube de moscas. Recorrió la casa. Un tufo dulzón la envolvía. Las moscas tejían una corona de enjambre alrededor de su cabeza. Abrió puertas y más puertas, pero solo encontró ambientes vacíos. Pensó: ahora que no tengo alma, estoy muerta y viva al mismo tiempo. De pronto se sintió hermanada a todas las cosas incapaces de olvidar lo que habían sido: las mesas hechas de pino, los morteros de arena y cal, el polvo del ladrillo, el caparazón abandonado de un cangrejo.

La vieja acacia soñó que un colibrí polinizaba su flor más alta. Desde que se sabía vieja, la acacia se había llenado de flores, muchas más que en sus primeros y lejanos años. No tenía que hacer nada para que nacieran; simple expresión del tiempo. Si los pájaros no llenaban todo con su ruido de cosa enloquecida, la acacia podía escuchar un murmullo que subía de la tierra y decía: «Agua», a lo que ella respondía: «Luz», y las flores se hinchaban como burbujas, conjuradas por la unión de esos dos pensamientos. Las flores no eran sus órganos sexuales, como pensaban los hombres, sino la alegría del árbol. La vieja acacia soñó que un colibrí polinizaba su flor más alta, amarilla como la yema de un huevo. Sintió el pico perforar el interior de su centro dulce y un estremecimiento le bajó por la corteza, se le hundió en las raíces y se propagó a las larvas ciegas que se agitaron en éxtasis. Toda la tierra agradeció, y la acacia supo (con la inteligencia de los sueños) que ella era también el colibrí.

Las almas soñaron con un bichito pardusco, un colémbolo que apenas medía un milímetro y podía saltar mil veces su altura. Era feo, pero las almas no conocían la fealdad. Tenía miedo, pero las almas no entendían de eso. El colémbolo quiso escapar; pegó un brinco hasta una rama alta y las almas, que reían como bolas de luz, llegaron antes que él. El colémbolo abrió sus poros y soltó un fluido pestilente, pero las almas no tenían nariz. El colémbolo preguntó: «¿Quiénes son ustedes?». Y las almas lo amaron porque ese era su nombre. El colémbolo no podía llorar: había nacido sin ojos. Sus lágrimas se deslizaban por un tubito que portaba en el vientre. Con esa lucidez de los sueños, las almas entendieron que estaban soñando y no desearon ninguna otra cosa.

Cuando la montaña despertó, vio que la mujer y el hombre rondaban un cuerpo, no muy lejos de la vieja acacia, no muy lejos del cerco eléctrico que le provocaba a la montaña una minúscula cosquilla. El hombre estuvo dándole a la pala, jadeante y sudoroso a pesar del frío, y cuando los brazos le fallaron le pasó la pala a la mujer. Ella hizo su parte: era corpulenta y de brazos fuertes. Le gustaba ser así, con carne abundante, con muslos anchos y espalda gruesa, lo que el hombre llamaba «gordura». Le gustaba tener la sensación de que su cuerpo ocupaba espacio. De ese modo, le parecía, se aferraba más a este mundo. Mientras la mujer hincaba la pala, el hombre se sentó de espaldas al cuerpo y miró hacia la ciudad que se extendía abajo. La mujer pensó: tiene miedo pero disimula, y volvió a concentrarse en su tarea. Miró el cuerpo muerto, suelto y rígido a la vez, que se inclinaba hacia la tierra como reconociendo su lugar, y volvió a tomar impulso.

Les llevó mucho tiempo, al hombre y a la mujer, abrir un agujero lo suficientemente hondo. Varias veces se fueron turnando la pala, hasta que la mujer sintió que ya no podía levantar los brazos. En el último envión de él, la mujer entró a la casa y volvió con una jarra. Los dos bebieron, y la mujer pensó que la sed era la diferencia entre los vivos y los muertos. Después levantaron el cuerpo. Él de las axilas; ella de los tobillos. Lo levantaron muy poco del suelo, tan poco que cuando lo arrojaron al hueco cayó arrastrando un montón de hojas. En la caída uno de los zapatos se zafó, dejando al descubierto un pie muy blanco, lo único limpio entre tanto barro. La tierra despedía olor a lombriz y, en efecto, al devolverla al hueco muchos insectos intentaron escaparse: ciempiés, arañas y otros bichos sin nombre.

Terminaron cuando el sol ya empezaba a ocultarse detrás de las torres rojas. Los dos entraron a la casa. Las suelas habían dejado manchas de barro en el piso y los grumos caían de sus ropas como si fueran ellos los que hubieran rodado por la tierra.

Cuarto cuaderno
Nacimiento

Anoche soñé que estaba preñada y no encontraba un lugar donde parir. Finalmente me agachaba en un arbusto y sin ningún dolor nacía la criatura. Cuando miraba, era un elefante blanco del tamaño de un cachorro. Me despertaron los calambres en el vientre. No necesité levantar las cobijas para reconocer la humedad tibia que me encharcaba la ropa: estaba en mi mes. Como dirigida por el sueño salí de la cama, crucé el jardín y al fondo del terreno hice un pozo. El sol pulsaba, insuficiente, detrás del bosque de niebla. Me agaché, ahogando el corrientazo de dolor que me subía del tobillo, y pujé para que la sangre cayera dentro del hueco. Algunos coágulos resbalaron desde mi entrepierna y en el fondo se formó un charco minúsculo, negro, ya mezclado con la tierra. Después me senté en la roca que había al lado, extendí la pierna y descansé. Contra esa misma roca había apoyado el primer cuerpo sin saber que sería el primero de muchos, sin imaginar que la montaña me exigiría tanto. El liquen subía por la piedra y dibujaba un arabesco incomprensible que era el lenguaje de la roca.

Las señales estaban, pero había que saber leerlas.

Casi enseguida noté que allá lejos, en la bajadita a la quebrada, había aparecido uno. Se veía como un bulto, un tronco recién talado, pero yo había aprendido a reconocerlos. Arrastré la pierna hasta el galpón. El tobillo, muy hinchado, formaba un bloque de piel tirante y amoratada.

Desde la caída, mi pie se negaba a colaborar. Al jardín lo tenía bastante descuidado, ya no lo desyerbaba tanto, y el pasto se había crecido. Eso dificultaba la caminata, subir y bajar, rastrillar el terreno en busca de alguno. La maleza iba tomando el portón y algunas plantas de aire se habían colgado del alambre. Yo las dejaba: parecían burlarse de la electricidad, adornar el límite entre el jardín y el monte.

Volví apoyándome en la carretilla. Tenía que atajar la emoción para no acelerar el paso. Calculé ¿cuánto tiempo? desde el último. Semanas. Semanas en las que no tuve nada que cuidar excepto mi tobillo amoratado, siempre buscando con el ojo entre el pastizal, atenta con el oído, rastreando el tono de la jauría para que me diera pistas. Bajan, no, suben. Falsa alarma. Y mientras tanto el tiempo como algo que había que remontar, su esencia de río. Semanas que ni la moto había subido por acá. El pie hinchado tampoco me permitía visitar al Celador, enterarme si había vuelto de la cantera. Cuidaba el papel y el jabón y apenas le echaba aceite a la comida. Lo reservaba para los cuerpos. Ellos agradecían cuando los frotaba con aceite, les devolvía una humedad parecida al sudor. Esa era otra diferencia entre los vivos y los muertos. Los vivos sudan, sí señor cómo se suda, incluso acá en el frío de la nube, y el que no suda es porque no trabaja. Pero los cuerpos se agrietan como hojas secas y una blancura de pergamino se derrama desde la cabeza. Semanas, quién iba a decirlo. Y yo renga, arrastrando la pierna y el ánimo, midiendo el tiempo en distancias.

Pero por fin la racha se había cortado.

Bajé con cuidado la pendiente. Nada crujía. Las piedras, húmedas, brillaban, y un olor a madera blanda se elevaba del suelo. Un nuevo pensamiento iba metiendo el hocico, hurgando con el morro en mi atención:

Una señal, dos señales.

Las señales estaban, pero había que saber leerlas. Y no alcanzaba con leer a los ponchazos, como el Celador, que tenía un almanaque pero jamás pasaba las páginas porque ni el mes se dignaba a leer. El tiempo, para el Celador, consistía en unas letras con las que tropezaba, una palabra corta o larga —abril, diciembre—, pero las señales de la montaña exigían otro conocimiento. ¿Cuál? Quería entenderla más, pero al igual que mis sueños la montaña se resistía a ser leída.

Como aquella vez, cuando mandó las mariposas negras para anunciar a mi madre y ella llegó, mucho más muerta que los cuerpos mismos. Porque a los cuerpos alguien los buscaba, allá lejos o allá abajo, y por eso seguían estando. Pero a vos, madre, ¿quién te buscaba? Pensé: ¿estás segura de que alguien los busca? No. Tal vez yo fuera la única. Tal vez la montaña me estuviera diciendo: He aquí tu tarea, buscarlos día y noche, buscarlos en esta maraña vegetal, en la espesura áspera, llena de espinas, verde como la espera, pero no de ese verde con que los niños pintan sus árboles, no: verdeceniza, verdehumo, verdetiempo. Y yo buscándolos como semillas.

Aquel pensamiento insistía, dele y dele y dele, y bajito me iba diciendo: Llenaste el pozo con tu sangre y apareció uno, ¿qué significa?

Yo me vacío y la montaña me llena.

Yo le doy y la montaña me devuelve.

Me arrodillé junto al cuerpo que yacía con la cara oculta en un montón de ropa. Los pies desnudos, cada dedo como una de esas moritas salvajes que crecen al costado del camino. Los puños apretados, agarrándose a este mundo. El pelo negro y húmedo. Una costra de barro rugosa y firme le cubría la piel. Quise darle la vuelta para acomodarlo sobre la espalda y facilitar la tarea de subirlo a la carretilla, pero al intentar moverlo un quejido se alzó entre las ropas. El susto fue tal que lo solté de golpe y el cuerpo volvió a rodar bocabajo. Lento, muy lento, fui acercando la oreja al amasijo de pelo y barro.

El cuerpo estaba vivo.

Durante años, después de que mi abuela murió y mi madre me sacó de la escuela, no pensé en las palabras ni en sus sonidos. No pensé en las fotos ni en la cámara que había quedado oculta en un cajón y que, por haber sido olvidada, se salvó de que mi madre la vendiera. Fueron años sin propósito en los que no creía ser de ninguna utilidad para el mundo. Andaba confundida la mayor parte del tiempo, con el veneno hecho un remolino en la sangre, latiendo como laten los cortes infectados, y aquello no paró hasta que el veneno se hizo fuego y manó de mí. La primera noche que fui a la fábrica de vidrio, cuando el viento de la montaña me hizo temblar los huesos, una llama incipiente, azul, me chamuscaba por dentro. Lo que temblaba era el cuerpo indómito, ese que yo quemaba con el yesquero, mordía y arrancaba, pero abajo ya despuntaba una brasa negra, un corazón como un leño quemado.

Por las noches los hombres visitaban a mi madre. Yo deambulaba hasta el pajonal detrás de la escuela y ahí me sentaba a esperar que se fuera el último. Dejaba que la humedad me traspasara la ropa y me helara las piernas, pensando que tal vez ese frío —ese amor duro— era el abrazo de mi abuela.

De día no bajaba al pajonal para evitar encontrarme con los otros niños. Desde que mi madre me había sacado de la escuela, me tiraban piedras. Yo no quería que me tiraran piedras, pero sobre todo no quería pensar en lo que ellos seguían aprendiendo. De pronto me pareció que el mundo había quedado allá adentro, atrapado entre los muros de ese rancho que ni siquiera tenía salones, solo una pieza para todos los grados juntos. Ahí estaba la Biblioteca del Saber y las respuestas a un mundo del que ya no hacía parte. No es que mi madre, al sacarme de la escuela, me hubiera quitado el conocimiento, sino que yo había dejado de existir para él, y así, como quien se hunde en la noche, yo me había hundido en el misterio. El misterio, para mí, era la ausencia de mundo, y el mundo, para mí, era un montón de preguntas y respuestas. Daba vueltas en el misterio, y las cosas que había aprendido en la escuela empezaban a desvanecerse. Ni siquiera intentaba retenerlas.

Cuando ese pensamiento se volvía enloquecedor, yo prendía el yesquero y me quemaba la uña, o me apagaba un cigarro en alguna parte escondida bajo la ropa. Porque es sabido que una no puede sentir dolor en dos lados al mismo tiempo. Un lugar siempre se roba el dolor del otro, por eso la gente que tiene dolor en el alma no puede sentir nada en el cuerpo. Tenía lamparones en la cabeza, parches claros que primero eran oscuros porque se formaba una cascarita de sangre que me seguía arrancando, una y otra vez, hasta que el pelo simplemente dejaba de crecer ahí. Yo odiaba el simple pensamiento de la maestra Nidia y de la escuela. Era incapaz de pronunciar la palabra pizarrón, la palabra tiza.

En la escuela te enseñan que las oraciones están hechas de palabras y las palabras de sílabas y las sílabas de letras. Pero yo digo que las oraciones también están hechas de silencio.

Después de aquel quejido, leve como una pisada, el cuerpo vivo se hundió otra vez en el silencio. Fue como si la montaña hubiera contenido la respiración por un tiempo muy largo y en esa pausa demasiado extensa se hubiera olvidado de sí misma.

Quien pregunta no obtiene respuestas ni nunca las tendrá. Lo entendí aquella mañana. Hay que aprender a leer el mensaje microscópico del liquen igual que hay que aprender a leer el blanco entre una frase y la otra, entre una palabra y la siguiente. En ese blanco se esconde el verdadero sentido. Pero ¿cómo ver algo que de tan blanco ya no sabemos si está ahí?

Como el olor de las orquídeas salvajes.

Si están fértiles, su olor intenso a podredumbre llamará a las abejas.

Yo fui una orquídea en esos días salvajes. Arrastraba la pierna renga hasta el jardín, me acuclillaba en el pozo y soltaba mi sangre, hilos largos y espesos, a veces, o un agua rojiza y suelta. Llenaba el hueco y volvía a taparlo, y así iba fecundando a la montaña, uniendo su olor a tierra con mi olor a metal. ¡Tanto que había odiado mi sangre en el pasado! Ese recordatorio del vientre vacío, del cuerpo inservible (yo era una roca bañada en sangre). ¿Para qué tanto dolor, tanto calambre?

Si al menos estuviera seca por dentro también.

¿Qué sentido tenía aquello? ¿Qué tipo de burla obligaba a las mujeres infértiles a seguir sangrando?

Todos los meses chorreaba, puntual, desde mi vientre de roca.

Pero cuando la Revivida apareció, entendí muchas cosas. Cosas que ni siquiera podría escribir acá, que permanecerán agarradas al blanco de esta página, al espacio estrecho entre estas palabras. Incapaces de abrirse a la luz. Ay, pero yo las oigo, sí, amordazadas en el silencio blanquísimo, en el blanco de nube, gritando desde este hueco que es la página sin renglones, con las letras que se me tuercen, caen en picada aunque yo intente lo contrario.

¿Acaso el liquen no crece sobre la piedra?

¿Acaso el hongo no se alimenta de lo muerto?

Quien pregunta no obtiene respuestas. Nunca las tendrá.

Subí a la Revivida a la carretilla y ella no volvió a quejarse. Si respiraba o no, ya no podía saberlo. En el aliento contenido de la montaña ni los zancudos zumbaban. Era algo atroz. Todo lo que fuera sonido provenía de mí. El rechinar de la rueda, el vaivén del cuerpo, el chapoteo de los charcos ocultos en el pasto y plaf, mi pie bueno dentro del agua, la bota enterrada en el barro y, al hacer fuerza para levantar la pierna, el leve blop de sopapa.

Cuando llegamos a la casa no la acomodé en el piso, sobre la manta, sino que la pasé directamente a mi cama. Ahí fui levantando capas de ropa, con cuidado de que no escondiera una víbora, como otra vez me había pasado. Las piernas de la Revivida traslúcidas, salpicadas de manchas negras. Parecía que la muerte quisiera treparle por ahí. Tenía cortes en las rodillas, raspaduras en los codos y en las manos. Le pasé el trapo sin frotar, solo dejando que el agua chorreara un poco. Las quemaduras aún brillaban. No quería raspar esa costra suave y correr el riesgo de que sangraran. Con el mismo trapo dejé caer un hilito de agua dentro de su boca. Dientes torcidos y pequeños, envueltos en una baba rojiza. No sabía si ella podía oírme, si en el desmayo le llegaría mi voz como una cuerda que pudiera sacarla de aquel aljibe sin fondo, pero dije:

Escuchame, nena. A vos la muerte quiere subirte por las piernas. No la dejés, ¿me oís?

Ni bien dije esto sentí un ruido como de embudo, como si el agua entera de la quebrada se hubiera ido por un orificio angosto.

La montaña había tomado aire.

En la cocina pelé ajo y lo machaqué bien. Molí hojas de eucalipto y de laurel y herví el polvo hasta formar una pasta espesa. La casa se fue hundiendo en el vapor. El pecho de la Revivida se mantenía quieto, como aplastado por una roca, y cuando parecía que nunca iba a volver a subir soltaba un minúsculo estertor, una tos que no alcanzaba a trepar por la garganta ni a abrirse paso entre los labios. Un temblor (digámoslo así). Volví a abrirle la ropa y la lavé con agua de laurel. Una por una cubrí las heridas. Después me arrollé en el sofá y de inmediato me quedé dormida. Dormí durante horas. A veces, desde ese umbral de vigilia me parecía oír los quejidos de la Revivida, pero aunque me esforzaba por abrir los ojos no lograba despertarme. Entendí lo que significaba estar vencida por el sueño y me dejé vencer, hasta que, poco a poco, como un puño que se abre, el sueño me fue soltando y pude volver a levantarme.

Teníamos fiebre, la Revivida y yo.

Ardíamos.

Yo le decía: Calmate, nena, estás conmigo. La montaña me mandó.

Un paño y otro paño. Siempre salían hirvientes del contacto con su piel.

Cuando ella se quejaba yo trataba de descifrar el mensaje secreto que subía de sus pulmones. Pero después me decía: Qué te creés, palurda, ¿qué vas a saber vos?, y al rato, otra vez la certeza: Sí, la montaña no es egoísta.

La Revivida se agitaba en sueños, luchaba contra algo. Un lamento le salía de la garganta. Aunque tal vez se tratara de otra cosa: no su voz, sino la voz de la muerte, como el chillido de un gallinazo. El veneno se le arremolinaba en la sangre y buscaba por dónde salir: los poros abiertos, los labios resquebrajados, un fuego hecho fiebre que la consumía igual que alguna vez me había consumido a mí.

Calmate, chiquita, le decía yo, Acá vas a estar bien.

Y ella se calmaba un rato.

O si se quejaba mientras le curaba las heridas, le cambiaba la sábana húmeda o le pasaba un trapo entre las piernas, le decía:

Calmate, nena, no te dé vergüenza tu ojo hinchado, tu piel partida. A la montaña también le clavan los dientes.

Y ella se calmaba otro rato.

La lucha empezaba al final de la tarde, cuando la fiebre subía irradiándole un color engañoso a las mejillas. Recién al amanecer lograba dormirme, en esa grieta sonora que se abría en el monte cuando los pájaros nocturnos se callaban y los pajaritos de la mañana aún no empezaban a piar. Yo dormía en el sofá, toda arrollada y con dolores indecibles, porque los huesos se me hundían en la carne y la carne se me iba adelgazando.

Me olvidaba de mí. No comía, no me bañaba. A menudo la sangre del mes traspasaba el algodón y me manchaba la ropa. Envuelta en ese pegote maloliente, hacía todo. No sabía si el olor provenía de mí o de la Revivida, de su aliento estancado. Cuando me acordaba, me cambiaba el algodón. Cuando me acordaba, también, metía el pie en la palangana, me enjabonaba la herida del tobillo y me aplicaba uno de los emplastos que cocinaba para ella.

Pero mi pie iba peor.

Qué asquerosa se había puesto la herida, amarilla y líquida. De ahí me subía la fiebre que de a ratos lograba amansar con paños de agua fría. La de ella, en cambio, no cedía nunca. El fuego se avivaba con cada inspiración.

Yo disolvía una aspirina en un poquito de agua, le echaba bastante azúcar para que no se sintiera como un remedio y se la iba pasando a la Revivida entre los labios. Las gotas resbalaban de la cuchara hasta filtrarse por la grieta de su boca.

Decime, nena, ¿quién te hizo esto?, ¿quién te dejó como un capullo?

Mientras tanto la maleza iba tomando la casa. Un tallo de cerraja nacía entre las vigas del techo y ya empezaba a despuntar su botón amarillo. Un hongo como una mano abierta trepaba por la pared. El cansancio me atormentaba. No podía cuidar el alambre, atajar el jardín, seguirles el ritmo a las arañas. Cuando quería acordar habían tejido el aire con sus patas de acero. De un momento a otro tendían un puente de seda entre la ventana y la pared, y yo pensaba: ya qué, tomaron el rincón, y volvía a cerrar los ojos, perdida durante horas en el sudor, el sopor, el sonido de una avispa zumbando contra la ventana. Las horas se hundían en los trapos de agua helada, en la sopa que goteaba entre los labios de la Revivida. Y yo, cuando salía de mi sueño sucio, la hamacaba con palabras, porque cuando le hablaba ella respiraba mejor. No soltaba esos quejidos de ultratumba. La muerte se callaba un poco.

En los ratos en que mi fiebre bajaba, salía a mirar afuera: veía el jardín arruinado, el pasto crecido, insectos revoloteando sobre la tierra anegada. Caminaba hacia el alambre, veía toda mi tarea destruida, como si yo nunca hubiera existido (así de rápido el zarpazo del monte), pero no sentía tristeza ni arrepentimiento, apenas el asombro de lo mucho que aquello me había importado. Ahí cerca del alambre buscaba una zona sin maleza, abría un pozo y me acuclillaba como podía, forzando el tobillo al límite del desgarro, a pujar en la tierra. Pujá, pujá. Hasta que ya no caía un solo coágulo, hasta que el dolor de parir se confundía con el dolor de hacer fuerza desde las tripas y la sangre se encharcaba en mis propios excrementos.

Por las noches la Revivida se salía del cuerpo. Flotaba a los pies de la cama mirándose a sí misma. Qué liviana y viva estaba entonces. Yo la miraba desde el sofá. No tenía necesidad de dudar de lo que veían mis propios ojos.

Ella se desprendía como un pétalo.

Parecía que iba a salir flotando por la ventana, pero no, quedaba agarrada al cuerpo por el talón y era como si el talón se incendiara. Abrasaba incandescente la noche.

Desde su lugar fuera del cuerpo, atada al talón como por un piolín, la Revivida hablaba.

¿Pero vos cómo te llamás?, le preguntaba yo.

Contestadora.

Mentirosa.

Bocasucia.

¿Cuál es tu nombre? Tu nombre de raíz.

Decime.

Aquello solo ocurría por las noches. Y en la mañana, nada, en la mañana solo el talón hirviendo, una marca roja en el talón que tuvo, que fue

puente

entre esto y lo otro.

¿Quién te llamó a opinar? ¿Qué te dije yo?

¡Palurda!

La miraba escaparse por ahí, por ese huequito abierto con el dedo

punza y punza y punza, abierto

con el dedo de tanto punzar y revolver donde no.

Pero a la mañana nada, quién iba a decirlo, nada, quién iba a creerme

si ni yo.

La muerte se le iba empantanando toda. Zumbaban los zancudos como lágrimas de pantano.

¡Y cómo hiede la vida en un pantano!

Pero por las noches el alma de la Revivida me decía:

Escuchá, ¿oís cómo caen los árboles?

Yo contenía la respiración para oír el silencio demasiado lejano. Ni un ruido me llegaba, pero sentía un suave movimiento bajo los pies, la tierra temblando con cada golpe de tronco, con cada árbol talado.

El tronco caía desde muy arriba,

desde hace cien años caía durante cien años.

Ya no quedaba ningún árbol en la montaña. Se veía como el lomo negro de un cuervo. Y si un viento fuerte hubiera soplado en ese momento, habría barrido con aquel montón de ceniza hasta hacerlo llover en otra parte.

Nada de esto me daba terror. Ni siquiera cuando la Revivida hablaba con mi voz. Sí, era yo la que hablaba a través de ella como prolongada por una caverna.

¿Soy yo?, le decía, hablándome, diciéndose.

¿Soy yo?

No, son los árboles chocando contra la roca, ya cayó el último.

¿Qué es eso?

El rumor de la ceniza.

¿Y eso?

El bufido de las máquinas. Han tragado demasiado, pero un árbol se salvó. El único que se hizo el muerto.

Y entonces yo corría a la puerta

y como un fuego fatuo atravesaba el jardín y ahí me quedaba, resollando, al ver la sombra de los árboles

el volumen de su silencio

y cuando volvía a casa la Revivida estaba muda y desalmada, quejándose como una lagartija, y yo hervía en la frente. Hervía en mis sobacos y entre las piernas.

Cada noche volvía a ocurrir, y en cuanto la veía salir por el talón, como un humito, le preguntaba:

¿Cómo te llamás? ¿Cuál es tu nombre?

Pero la Revivida solo pronunciaba el mío.

Nena, contestame, decime.

Y la Revivida: Mirá, te traje este ramo de mis propios huesos.

¡Qué tibia tan delicada!

¡Qué fémur!

¡Qué suaves pétalos de metatarsos!

Pero no hay jarrones en la casa, decía yo.

Vení (era mi voz en la boca de la Revivida), te ofrezco mi cuello. Igual mi cabeza ya rodó y mis pulmones están llenos de agua.

La fiebre no me dejaba escribir, pero a veces lo intentaba. Abría el cuaderno, escribía lo más rápido que me diera permiso la mano, y al releer lo escrito me quedaba mirando los blancos con rencor, como si ellos se negaran a revelarme su verdad. ¡Pero mientras escribía creía entender tanto, verlo todo con claridad! Creía estar recibiendo una información clara, clarísima, casi que me parecía tocar la verdad con el lápiz, para más tarde descubrir que estaba escrito en un idioma inventado.

Soñaba de día y de noche. Todo lo recordaba. En mi memoria no cabía el olvido. Entonces abría el cuaderno e intentaba poner en palabras aquellas imágenes:

> Corro detrás de algo. Algo se aleja de mí y yo corro detrás. Detrás. Un monte tupido, árboles altos de troncos lisos y delgados, no se ven las copas. Los troncos tan juntos que es imposible no golpearme los brazos en la corrida. La mancha se aleja y es una mancha de color entre tanto tronco gris, liso, sin corteza. Ahora me golpeo un brazo, ahora el otro. No calculo la distancia y parece que corro sobre el aire porque no hay ruido de hojas, no hay crujido de pinocha ni de piedras. La mancha se me escapa. Apenas se ve entre la maraña de troncos. Aparece y desaparece. Ahora puedo verla. Ahora solo el lado derecho porque el izquierdo quedó tapado tras una fila de troncos. Ahora no. Y ahora de nuevo sí, pero partida al medio, como dos manchas distintas. De pronto ya no puedo avanzar más. Una especie de red me impide el paso. Es como una telaraña que, atada a los troncos, formara un muro traslúcido. La mancha queda del otro lado, yo de este. La mancha ya no partida en franjas verticales sino en trocitos, tajeada de arriba abajo y de derecha a izquierda. Hay una casa, pero no se parece a mi casa. Hay un camino, pero no se parece a mi terreno destapado.

Mientras lo escribía estaba segura de saber quién o qué era la mancha. Sabía que al alcanzarla la mancha se abriría como una flor enorme, del tamaño de los frutos del monte, que nunca es mesurado. Pero los troncos no me dejaban ver, las palabras con sus palitos verticales y acostados, con sus sombreritos bobos, con sus comas que me hacían zancadillas y eran ramas atravesadas en el camino de la frase. Iba a escribir una palabra y me salía otra. Pero ¿no significaban lo mismo? No. Cómo podía haber dos iguales, si una era corta y otra larga, si una sonaba como una cascada y otra como un vidrio rompiéndose.

Yo no era dueña de mí misma, mucho menos iba a serlo de las palabras.

Nena, volvé al cuerpo que los perros ladran.

Shhh, ¿escuchás?, otro desmoronamiento. Escuchá las ruedas de los camiones.

Los cristales de la calcita.

El crepitar de los hornos.

Un día, sin más, mi fiebre cedió.

De aquella lucha mi pie emergió duro y negro, sin movilidad ninguna. La pierna entera se había vuelto de una rigidez insospechada, con una costra grisácea como la corteza de un árbol. Ya por la noche, con la veladora prendida, crucé mi reflejo en la ventana y me pareció ver a otra. No me importó. ¿Por qué habría de importarme? Me dedicaba a acompasar el resuello de la Revivida con el mío. Juntas en esa escasez de aire. La miraba hasta el amanecer, recordando aquel tiempo cuando el hombre de la montaña dormía: yo tan quieta, con miedo a que cualquier gesto lo despertara. Temía quebrar su estado plácido, encontrarme con su mirada reprobadora o tierna o indiferente. Siempre en estado de alerta, porque no podía predecir de qué humor se despertaría él.

En nada se comparaba aquella espera con esta.

Toda la noche sentada junto a la Revivida, con sus ojos de ratón recién nacido y sus labios de cuero seco. Toda la noche sentada, ayudándola a nacer al mundo.

Esta espera no tenía nada de dulce, pero tampoco me hacía sentir un estorbo. Había dormido no sé cuántas noches acurrucada en el sofá. El frío atravesaba la mantita de hilo con la que me cubría, porque el resto de las cobijas la arropaban a ella. Dar a luz era también esa intemperie. Pero me consolaba imaginar cómo cambiaría todo cuando su fiebre cediera, sus heridas cerraran y ella levantara la cabeza de la almohada, sucia de sudor, y me dijera su nombre.

Diría: Así me llamo, esta soy.

Afuera, el monte reclamaba lo suyo. Ya no se distinguían las zonas de tierra revuelta, más oscuras que el resto. Solo el mapa permitía recordar. Yo caminaba con el palo de escoba como bastón, recorría el perímetro entre el jardín y el alambrado, diciendo aquí, aquí y aquí. Bajaba a la quebrada, abría las hojas de los helechos con mi bastón, por las dudas de que algún cuerpo hubiera aparecido y estuviese oculto entre las matas. El agua corría con fuerza, cristalina. Por acá no era como en el pueblo, donde el río se llenaba de basura. Los jóvenes se reunían en la orilla y dejaban sembrados sus envoltorios de papas fritas y botellas vacías. Luego los papeles plateados, grasientos, volaban hacia el agua y ahí se quedaban flotando, como un insecto al caer en un charco. La corriente arrastraba la basura hacia la ciudad y allá la recibían como un recordatorio de que, más arriba, también había otras gentes como ellos. Solo que el río, al llegar a la ciudad, olía a basura líquida. En el camino hacia abajo, la quebrada se iba volviendo un hilo y luego un caño al que se le sumaban los desechos de las fábricas, por eso el agua brillaba como un arcoíris, se volvía espesa y ni los perros se aceraban a tomarla.

A veces soñaba que venían a llevarse a la Revivida. Me despertaba y ella no estaba sobre la cama. Me oía pegar un grito, veía mis piernas correr hacia el alambre, buscándola, pero entonces me daba cuenta de que estaba soñando y volvía a dormirme y a despertar, dentro del mismo sueño, solo para descubrir que, ahora sí, me la habían robado. Otras noches la perseguía por el monte, arañándome con las espinas. O bien *quería* ir detrás de ella, pero la pierna mala no me respondía, inmóvil, convertida en una estaca. Había empezado a vivir con el miedo de que alguien viniera preguntando por ella, pero también pensaba: si la bajo a la enfermería, si la llevan a la ciudad...

Un cuerpo que no puede moverse ni hablar pero respira ¿a quién pertenece?

Si alguien viniera ahora y me dijera: Este es el cuerpo de tu madre, yo le respondería:

Un cuerpo no puede cuidarme.

Y si ese alguien me dijera: Acá lo tenés, agarralo, yo le respondería:

No se puede agarrar lo que no se ama.

En la ciudad conectarían electrodos a su corazón y a su cerebro. La ciencia pondría en marcha lo que ahora dormía. Yo podía entregarla como quien devuelve un objeto perdido y decir: La encontré entre víboras y yuyos, la encontré por error. Y alguien anotaría en su expediente:

1 - 1 = 1.

Error de cálculo.

No me la devolverían, eso es seguro. En la ciudad hasta los papeles se extraviaban y si preguntabas por algo hacían una mueca como diciendo: Se traspapeló. Los cuerpos también podían traspapelarse. Entraban vivos a la clínica y a cambio te devolvían una hojita con el número de radicado.

Número 524.

Número 251.

(Señora, estaba muy disminuida).

Firme aquí.

¿Dónde?

En la cruz.

Cuando mi madre y yo dejamos la ciudad, tuvimos que abandonar nuestras pertenencias en la casa. Algunos enseres los vendimos: un set de vajilla, unas virgencitas de cerámica, un juego de sábanas más o menos fino, y así así. Los vendimos rápido y por poca plata a las amigas de mi madre en la iglesia, porque nadie podía enterarse de nuestra partida. Nadie, ni los vecinos. Y los vecinos menos que nadie, porque estaban llenos de odio, según mi madre, e iban a alegrarse de nuestro fracaso. Se alegrarían de que su augurio de los primeros días se hubiera cumplido: la ciudad iba a comernos vivas.

¿Por qué nos odiaban los vecinos?

Mi madre decía: No quieren que venga más gente y se instale en sus calles, sobre todo no quieren gente como nosotras.

Como nosotras cómo.

Ya sabés, decía mi madre, Como nosotras.

Pero cómo, insistía yo, y mi madre se exasperaba:

¿Sos boba o te hacés?

Y levantaba la mano como si fuera una chancleta.

En esos días previos a la partida, varias veces oí a mi madre decir a sus amigas de la iglesia: Nos vamos con una mano atrás y otra adelante. No podíamos llevarnos los muebles ni muchas otras cosas que la ciudad sí nos había permitido juntar: ropa, zapatos, chucherías por montones, adornos, enseres de cocina. Porque en la ciudad había gente que siempre debía deshacerse de algo, mientras que en el pueblo la gente guardaba, y cada cosa que entraba a la casa, así estuviera rota, nunca volvía a salir, jamás se tiraba. Si ya no funcionaba se convertía en otra cosa, se le encontraba algún uso. Los frascos de mermelada podían ser vasos o materas, y en cuanto les sacabas la etiqueta te olvidabas de que alguna vez habían sido un frasco. Muchas cosas habíamos acumulado mi madre y yo en los años de la ciudad roja, creyendo que nunca saldrían de la casa, y de algún modo fue cierto, porque tuvimos que abandonar la mayoría e irnos en mitad de la noche con unos bolsos tan llenos que hubo que sentarse encima para cerrarlos.

Abrimos la puerta de la casa con todas las luces apagadas, el silencio respirándonos en los oídos, y al cerrar la puerta salimos a todo lo que da. Mamá con dos bolsos pesados, uno agarrado a cada hombro, y yo con una cantidad de bolsas que me colgaban de todo el cuerpo como a un burro de carga. Caminá, caminá, decía mi madre. Se oían nuestros jadeos, el clic clic de los cierres y el craj craj de las bolsas de nailon dentro de las bolsas de tela, y más lejos, de vez en cuando, el rrrrun de alguna moto que pasaba volando por la avenida. Un paisaje hecho de sonidos, porque ver, lo que se dice ver, no se veía nada en nuestra calle sin alumbrado. Metele, no te vayas a caer. Parecía que mi madre tenía mucha rabia y que algo de todo eso era culpa mía. Nos íbamos así, con una mano atrás y otra adelante, sin llevarnos los muebles, sin prender la luz, porque debíamos el alquiler de los últimos meses. Caminá, no me obligués a arrastrarte. No sé cuántos meses debíamos, pero nos fuimos debiendo, y hasta hoy se puede decir que seguimos debiendo, aunque los muebles y todo lo que dejamos habrá servido como pago.

En la terminal nos quedamos dormidas sobre los bolsos y despertamos con el sol de la mañana y el griterío de la gente. Teníamos hambre y comimos un paquete de maní con chocolate. Mi madre se tocaba el cuerpo: se frotaba la pantorrilla, se palpaba los brazos, se pasaba la mano por el cuello. Parecía que le faltara un pedazo, pero solo faltaban las cosas que habíamos dejado atrás, y ella, que siempre había sido cositera, lo sentía como un desgarro.

Ya en el pueblo, mi madre le dijo a la abuela: Si nos encuentran, nos matan. Durante meses tuvo miedo de cualquiera que tocara la puerta. Pero la abuela decía: Si quisieran encontrarte, ya te hubieran encontrado, y también: ¿Vos creés que se van a anunciar?

Nunca vinieron, y con el tiempo aprendí que las desgracias no se anuncian, por eso siempre hay que estar esperándolas.

La moto llegó haciendo paf paf y al salir de la casa vi al chiquilín del almacén todo empolvado, cubriéndose la boca y la nariz con el cuello de la camiseta. Había crecido bastante desde la última vez que anduvo por acá. El caño de escape echaba humo y ruido aunque él ya había puesto un pie firme en la tierra.

No la apago porque se me ahoga, dijo, señalando la moto.

Qué milagro vos por acá.

En un segundo imaginé al chiquilín subiendo por el asfalto roto, desandando el camino que yo nunca volvería a recorrer, dejando atrás Pueblo Pobre y avanzando en dirección a todo lo mío: la Revivida, la casa, el alambre. Habría atravesado el cultivo de papa, que a estas alturas del año apenas empezaba a soltar brote, un sembradío de tierra arada con los invernaderos de fondo. Los ranchos de los Rurales darían la impresión de estar abandonados: el pasto crecido sobre los techos, ni una ventana abierta, ni una puerta entornada, y pude sentir el escalofrío del chiquilín al sospechar los ojos detrás de los vidrios. A la altura de la caseta, la vaca lo habrá saludado con un mugido antes de verlo internarse en el camino destapado y empezar a chupar polvo.

¿Qué venís a traerme?, le dije.

¿Necesita algo?

Traeme un blíster de aspirinas, querés. Y algo para el desmayo.

¿Qué tipo de desmayo?

Qué sé yo, mijo, un desmayo.

¿Un desmayo largo?

Sí.

¿Un desmayo profundo?

Tenía la voz gruesa, en contraste con la cara lampiña y el torso enclenque. Me hacía acordar a los varones que me tiraban piedras a la salida de la escuela, y quién te dice que no fuera el hijo de alguno de ellos, ahora hombres con la cara maltratada por el viento. ¿Y las vecinas? Las vecinas serían unas ancianas irreconocibles detrás del cuerpo encorvado. ¿Y los viejos? Los viejos que jugaban a las bochas ya estarían muertos, enterrados y olvidados hasta por su propia familia.

Decime, nene, ¿cómo está Pueblo Pobre?

Él se encogió de hombros. Me miraba como si le diera miedo decir cualquier cosa, y tal vez fuera por eso que no se animaba a apagar la moto, pronto para salir disparado.

¿Todavía hay gentes sentadas en el cordón de la vereda? (Él sacudió la cabeza). ¿Y el hospital? ¿Sigue estando el hospital? (Otra sacudida). ¿Qué te pasa, che? ¿Te comieron la lengua los ratones?

Él se aferró al poco orgullo que le quedaba y se animó a decir:

¿Usted es a la que llaman la montañera?

¿Yo?

Sí, usted.

¿Quién te dijo eso a vos?

No sé, dicen.

Mirá, nene, yo me encargo del portón, ¿entendés? Para eso me trajeron. Por acá nadie pasa, y si pasa yo me entero. Ahora andá y traeme esas aspirinas.

El desmayo de la Revivida se prolongó. Excepto por el aliento leve, incapaz de levantar el peso de sus costillas, nada la diferenciaba de los otros cuerpos. Al chiquilín de la moto no lo volví a ver, nunca subió con los remedios. ¡Qué boba yo! Dizque un remedio para el desmayo. No había nada que Pueblo Pobre pudiera hacer por la Revivida ni por mí. Nada excepto asfixiar, acogotarme. (¿Y acaso no significaban lo mismo? No, la primera solo se preocupaba por cortarte el aire, mientras que la segunda también te rompía el pescuezo). Yo mantenía a la Revivida respirando a fuerza de ruegos y paños, aunque ya no estaba caliente. Su fiebre se había retirado. ¿Sufría? Ya no me importaba si sufría. Me apasioné por que sobreviviera. ¡Yo quería tanto vivir! Aunque fuera costoso, aunque tocara arrastrar la vida como yo hacía con mi pierna mala. ¿Y si venían preguntando por ella? Me sentía capaz de cualquier lucha.

Durante el día la peinaba, le enjuagaba la costra blanca que se le formaba sobre los labios, le ablandaba las lagañas. A veces le soplaba muy suave los ojos para ver si bajo la superficie de los párpados se movía alguna cosa. Pero no. Nada más que ese aleteo de hojas en el pecho. Dejaba la veladora prendida toda la noche. Me atormentaba la idea de que ella abriera los ojos en la oscuridad y se creyera sola. Le destapaba un pie, con la esperanza de que volviera a salirse por ahí, como tantas veces antes, pero ella permanecía inmóvil, con la cicatriz roja brillando en el talón.

Por fin entendía a qué tipo de preparación me había sometido la montaña.

Cuidaba a la Revivida con la certeza de que todo dependía de mí. Era un peso inaudito, atroz, pero yo lo aceptaba sin queja.

Una mañana andaba martillando en el jardín, al lado de los tachos de basura, cuando apareció el Celador. Dos golpes certeros y el clavo entraba dócil en el palo. Tenían que quedar firmes, eso sí, y había que cuidar que el clavo no abriera una grieta en la madera vieja. En eso andaba, digo, cuando apareció el Celador. No me habló enseguida, y con la agitación y el ruido del martillo tampoco lo oí. La niebla nos confinaba a cada uno a su parte de la nube, así que cuando levanté la cabeza para secarme el sudor lo vi de golpe. Primero las piernas, como un manchón raro, después el torso. El grito que pegué.

¿Qué le pasa, mujer?, dijo el Celador. (Su cuerpo desmembrado entraba y salía de la nube). Soy yo, Raimondi.

¿Y usted qué hace acá?

¿Cómo qué hago? ¿Sabe hace cuánto que no baja? Pensé que le había pasado algo.

Estuve ocupada nomás.

Mientras se acercaba lo vi aparecer y desaparecer por partes. La cabeza flotante, un brazo y una pierna borrados, el hombro adentro, la mano afuera, la frente cubierta por una tira de nube como una venda sucia, y así así, hasta que estuvo a mi lado y pude verlo entero. Pero incluso entonces me costó reconocerlo: la barriga le había crecido, el cráneo le brillaba de sudor y unas arrugas como lombrices gordas le atravesaban la frente. Jadeaba, con los puños apoyados en la cintura y la mirada fija en el palo, como si no lo hubiera visto (mentira), como si no hubiera estado quién sabe cuánto tiempo mirándome hacer.

¿Qué es eso que tiene?

Un palo, dije.

Un palo con clavos, dijo él, ¿Está durmiendo bien? Le veo mala cara.

Es para colgar altas las bolsas de basura. Para que los perros no ensucien todo. Mire cómo me tienen el piso.

Él miró, desconfiado. Alrededor de los tachos había restos de comida, cáscaras de papa, moscas chiquitas sobrevolando las tapas mal cerradas. Ni el abono había tenido ganas de hacer esa semana. Atrás, el galpón desbordaba de bolsas. El camión recolector no sube por acá y la basura hay que bajarla hasta el descampado, junto a la caseta del Celador.

¿Sí ve cómo me dejaron esto?

Le convenció mi explicación, al parecer, porque movió la cabeza como diciendo: Buena idea, pero tampoco retrocedió. Seguía mirándome raro.

Le veo mala cara, mujer. ¿Está enferma?

Estuve acatarrada, sí, pero ya se me pasó.

Está más flaca.

Usted está más gordo.

Él se rio como en los viejos tiempos, pero luego se frotó las manos y miró con asco hacia la montaña.

Está helando de lo lindo, ¿no?

Al frío mejor no prestarle atención, dije, ¿Ya no va a la cantera?

Voy y vengo. Quién sabe cuándo me vuelvan a llamar. ¿Por qué no baja hoy y miramos algo?

¿Sintoniza? (Yo sabía que no).

Algo. Pero al rato despeja.

Estoy ocupada, dije, se me acumuló mucho trabajo. Y señalando las cosas, apunté: Se me creció el pasto, se me encharcó el jardín, tengo las tuberías congeladas.

Ay, mujer, usted está cada vez más loca. ¿Quiere que le dé una mano?

Adentro, la Revivida dormía su desmayo eterno. Le había lavado el cuerpo con flor de milenrama y frotado los pies con aceite. Algunas heridas de las piernas iban cerrando. También sus labios: ese quebrarse y volverse a sanar me indicaban que algo adentro de ella seguía con vida.

Por ahora no necesito, dije, Cualquier cosa le chiflo.

No podía decidir si el Celador sospechaba algo. Me miraba ladeando la cabeza y achicando los ojos, como si quisiera esculcar sobre mi hombro hacia la puerta entornada.

Pero déjeme que aunque sea le baje la basura, dijo.

Bueno.

Saqué las bolsas de los tachos y les hice un nudo. Él seguía mirando alrededor, como vadeando con los ojos la niebla.

¿Y sus pollos?

Me los mató la comadreja.

Le pido al capataz que le mande otros.

No, no moleste al capataz con esas cosas.

El Celador se agachó para recoger las bolsas, tres en cada mano, y se despidió diciendo:

La espero para la Telecatástrofe.

Sí, sí, dije, más tarde bajo, pero ni él ni yo lo creímos.

Cuando hacía rato que el Celador se había internado en la nube, miré el palo y me sentí ridícula. Si la desgracia quería venir, no era con un palo que ibas a frenarla.

Mi madre me sacó de la escuela y me mandó a trabajar. Algo tenía que hacer, me dijo, aunque no sirviera para nada. Debía aportar a la casa, hacerme grande de una vez por todas.

¿Pero dónde voy a trabajar?

(Harta, harta estoy).

¿Pero qué puedo hacer yo?

(Harta, harta me tenés).

Ese día, en la escuela, no le conté a nadie que sería el último. Toda la clase pensando: la última vez que abro el libro, la última vez que escribo la fecha. Las niñas jugaban a hacer chirriar la tiza contra el pizarrón hasta que los varones se tapaban los oídos. Ellos jugaban a esconder caca de perro bajo los pupitres para que el salón oliera a muerto y tuviéramos que salir temprano. Era la última vez de todo. La última vez del pensamiento. Sonó el timbre y la maestra me dijo hasta mañana. Hasta mañana, dije, con el aire detenido en la garganta (otra vez el recuerdo del nacimiento ahorcándome con el cordón).

Al otro día ni me acerqué por el pajonal.

Pasó una semana hasta que la maestra Nidia se apersonó en la casa. Yo no la vi, la recibió mi madre. Su sombra ocupaba el espacio de la puerta, sellaba la luz, y la maestra sonaba como una voz sin cuerpo. Mejor. Yo no quería que me viera, mucho menos que me hablara. Quería estar muerta y que todo el mundo dijera: Pobrecita, se murió.

Oí a mi madre decir: La niña no va ir más a la escuela.

Y después: Va a ayudar en la casa.

Algo le habrá dicho la maestra porque mi madre insistió: Los libros no nos van a dar de comer.

Nunca supe qué dijo la maestra, pero sé que pidió que le devolviéramos el diccionario. El diccionario de la Biblioteca del Saber. Mi madre entró y lo buscó en la mesa de la cocina, donde yo me sentaba a hacer los deberes. Por un momento la luz brilló en el hueco de la puerta, luego otra vez se oscureció. Mi madre dijo:

No hay de qué, igual no lo va a necesitar.

De chica creía que había un misterio atrapado dentro de las cosas y para esos misterios yo buscaba respuestas en la Biblioteca del Saber. El sol sube y baja, pero en realidad somos nosotros los que nos movemos. La niebla sube y baja, pero es el suelo que enfría el aire. Ahora mismo, ese cielo lavado y gris, tan parecido a la textura rugosa de la piedra Pómez… parece sólido, pero mi mano podría atravesarlo y decir: Es solo una ilusión.

La Revivida, en cambio, se mantenía por dentro del misterio. Ella no mejoraba ni empeoraba, permanecía entre el aquí y el allá con los ojos cerrados y la respiración llana.

Mi abuela decía: Cuando vas a parir, el cuerpo te dicta lo que hacer. Yo le preguntaba: ¿No te lo dicta el doctor? Y ella decía: El doctor solo está ahí para estorbar. La escuchaba con atención porque ese día iba a llegar también para mí: un día mi cuerpo me dictaría cosas. Abrir y cerrar, pujar o dejar de hacerlo. De ese modo sería fácil traer una criatura al mundo. Pero los años pasaron y mi cuerpo nunca habló, excepto para decirme: tu vientre de roca
tu cueva de arañas
tu nido de palos.

Ahora yo esperaba que la montaña me guiara con su voz de viento, que me dictara lo que hacer para que la Revivida siguiera respirando, pero en general solo oía un pitido. Otras veces me parecía escuchar clarito su mensaje, pero esa certeza no duraba mucho. ¿Cómo saber si el pensamiento provenía de la montaña o de mí?

Escuchame, nena, le susurraba yo a la Revivida, Abrí los ojos, volvé a este mundo.

Mi sangre chorreaba, más abundante que nunca. Me bajaba entre las piernas, me empapaba todo. Si me quedaba mucho rato sentada, dejaba un charquito sobre la silla. Me sentía muy cansada y podía quedarme dormida en cualquier lado. Cada tanto volvía al jardín, escarbaba un poco en la tierra y en cuclillas soltaba mis grumos.

Nunca trabajé. Después de sacarme de la escuela, mi madre no volvió a pedirme que trabajara. Se la veía contenta. Me decía: Andá a la iglesia y preguntá por la monjita Ana.

La monjita me daba pasta y arroz.

Mi mamá está enferma, le decía yo, A mi abuela le dio un ataque.

¿Sabés escribir?, preguntaba la monjita.

No, nunca aprendí a escribir.

¿Sabés leer?

No, nunca aprendí a leer.

Dije alguna vez que mis pensamientos quedaban encerrados en este cuaderno igual que la voz del Celador dentro de su wokitoki. Ahora sé que no es lo mismo. Yo le hablo a la gran oreja de la montaña (digámoslo así) y ella me responde, sí que me responde, solo que entrelíneas

como la niebla
que dice y oculta al mismo tiempo.

e n e s t a

r e d d e g

o t a s

Qué trabajoso es para la montaña organizar las gotas y darle existencia a la nube, licuar la nube para dar de beber a las plantas. Qué trabajoso es ir uniendo todo lo que está suelto.

Pero ella lo hace.

La montaña alimenta a todos por igual. Al bejuco, a la corteza y a la araña. La montaña sepulta a todos por igual. En su seno de raíces todos somos sus criaturas. Ese parche de pinos que me gustaba tanto… no han de ser autóctonos. Alguien los puso ahí (¿los sembró?), tal vez los hombres de la montaña. O tal vez un pájaro que en su pico transportaba una semilla foránea y sin saberlo la dejó caer por estos lados. Entonces esos pinos serían huéspedes, digámoslo así. Los hay buenos y malos, como el retamo, que lacera las patas de los bichos. Todo lo que nace allí y todo lo que muere tiene el permiso de la montaña. La lluvia cae del cielo, sí, pero es la montaña la que la atrapa con sus redes de hojas gruesas y luego la devuelve al cielo en forma de nube. La montaña solo dice la verdad, y quien sepa escuchar ya no necesitará los sueños para hallarla.

Mi sangre manó durante veintiún días ese mes, los veintiún días que la Revivida respiró. La montaña me dijo: Cuida a esta mujer como yo cuido al escarabajo. Y luego dijo: Entierra este cuerpo como yo sepulto los huesos del cusumbosolo.

Enterré a la Revivida una mañana en que la temporada seca se anunciaba con un manchón azul en el cielo. La tierra no se había endurecido, faltaba mucho para eso: capa tras capa se iría secando y de a poco la vida hundiría sus raíces más profundo para acceder a la humedad, mientras arriba las nuevas hojas dejarían de ser un nudo para volverse superficie. Todo lo verde me ofendía. El monte me ofendía con su abundancia, el pasto me ofendía con su brillo. Pero mi tarea era cavar, y con la primera palada sentí la resistencia de la tierra. Me pareció que el veneno quería arremolinarse, insistente, artero. Ahora sube, pensé, ahora vomito. Algo muy malo va a pasar: se derrumbará la casa, se secará el río, se hundirá la cantera. Cavé con rabia, los músculos de la espalda como dos cuerdas tensas y eficaces (un instrumento, un servicio). La montaña abrió la boca y vi sus dientes negros. El crjjj y el tzz nos envolvían en su vaivén de tierra suelta. Algo horrible va a pasar: morirán todos los pájaros, arderá el monte, el veneno vendrá como un torbellino y destrozará el cielo.

Pero yo debía abrir la tierra, seguir cavando, no pensar ni temer.

Me sentí una sirvienta, y algo más entendí sobre la montaña: su verticalidad ponía a cada uno en su lugar y a mí faltaba más obediencia, ser sumisa como un tallo, que solo busca la luz.

La Revivida esperaba desnuda sobre la carretilla, ya lavada, peinada, con la piel brillante de aceite, silenciosa como una novia en su velo de plástico. Por momentos creía que me hablaba como antes y usando mi propia voz me decía:

¿Quién llamó a ese trébol mala hierba? (Chttt).

¿Quién me dijo maleza? (Callatequerés).

Solo ayer te vi arrancando veinte brotes de bledo (¡Cht!), cuarenta tallos de lengüevaca (¡Cht!), diez artemisas.

Y alrededor, nada, solo los insectos zumbando.

La bajé de la carretilla y la acomodé en el hueco.

Adiós, nena, le dije, Perdoname por obligarte a vivir.

Después de enterrar a la Revivida me encerré en la casa. Me acosté primero en el sofá (como si la cama ya no pudiera pertenecerme), pero al rato me levanté, extendí las sábanas y me hundí en la humedad del colchón. Olía a eucalipto, ajo y laurel, pero también a sus jugos de vida y de muerte. Mi entrepierna se había secado y ahora me sentía lívida, con los ojos blancos, la lengua pálida, las manos transparentes. Ya no me quedaba sangre en el cuerpo. El veneno no iba a subir porque yo no era quién para odiar a la montaña.

Dormí todo el día y toda la noche, y a la mañana siguiente, al abrir los ojos, descubrí que no podía moverme. En la escasa claridad del amanecer la montaña se alzaba inmensa y sombría. Antes de volver a dormirme le dije: Ya sé, no me digás, pero dejame descansar un poco.

Y la montaña me dejó.

Pero a los tres días, como contados, se oyeron golpes en la puerta. Oí las pisadas crujientes de las mujeres de Jehová, su taconeo inconfundible de mocasín dando la vuelta a la casa. Luego una sombra oscureció la ventana. La silueta de la alta, con las manos alrededor de la cara, se acercó al vidrio y dijo mi nombre. Achicaba los ojos, pero el reflejo no le permitía ver mucho. Más golpes en la puerta (la baja). Más crujidos de zapatos aplastando tallos, descabezando flores, sepultando hormigas. Ahora la baja: su oscuridad de ángel en la ventana, su silueta coronada por una línea de luz. De ángel no, de pájaro que se estrella contra el vidrio y permanece embobado, sacudiendo las alas y el pico. Algo hablaban entre ellas, las mujeres de Jehová, y luego volvían a acercar la cara a la ventana. Repetían mi nombre, las manitos hechas puño golpeando el vidrio con sus nudillos blancos y suaves.

Hola, dijo la baja o la alta. Había urgencia en la voz, pero una urgencia disimulada, un aleteo de pájaro herido.

Y la otra: Te estamos viendo. ¿Estás bien? ¿Necesitás ayuda?

Era la baja, sí, cómo pude confundirla.

Abrinos, che (ahora la alta). Así nos podemos ir tranquilas.

Les abrí para que se fueran, pero les puse mala cara.

Estaba durmiendo, dije.

Las mentiras no son la lengua del Señor, contestó la alta, Vimos la puerta cerrada, el jardín crecido. Es una maleza.

Y yo: Todavía no lo corté.

Las mujeres de Jehová tenían los zapatos embarrados. Las hice pasar y sintieron vergüenza de ensuciar el piso. Caminaron en puntas de pie. En la casa se notaba el desorden, la cama sin hacer, el hongo negro cubriendo el muro, una fila de hormigas que se escurría por una grieta en la ventana. Algunos yuyos florecían en las vigas del techo. Las mujeres miraron alrededor, analizando el derrumbe. Para distraerlas, dije:

Miren cómo se les pusieron los mocasines. Voy a traerles unas toallas.

Ellas se sentaron en el sofá, se sacaron los zapatos y los sacudieron. Las medias cancán les daban a sus piernas un color irreal, lisito y sin manchas. Nadie tenía la piel así.

En la casa no quedaban rastros de la Revivida, pero yo la veía en todas partes. La veía sobre la cama y me veía a mí misma ovillada en el sofá o en el piso, sobre una frazada, atenta como un perro a su respiración, a sus quejidos. Y como un perro, también, me recordaba lamiéndole los pies muertos, esos que nunca pisarían el suelo porque ya no servían para caminar. ¿Y para qué servían? Para ser lamidos, para ser recordados.

Todo lo que no está ocupa mucho espacio. Eso lo entiendo ahora. Mientras tanto, las mujeres de Jehová se daban golpecitos con la toalla en los pies mojados.

¿Qué te pasó ahí?, dijo la alta, señalándome la pierna.

No es nada.

Te lo tendrías que hacer ver, dijo la baja, Está bastante feo.

Si yo me hiciera ver por cada cosa que pasa acá...

¿Por qué te empecinás en vivir como una salvaje, decime a ver?

La baja la secundó:

Mirá lo que parecés. Hace cuánto que no venimos por acá y mirá cómo te pusiste.

¿Cómo me puse?, dije, entusiasmada de que la baja me hiciera de espejo.

Flaca como una rama (no comés), las greñas revueltas (no te peinás), la cara sucia (no te lavás).

Yo no tengo espejo, dije.

Y si tuvieras te pegarías un susto.

Estás igual que tu patio, dijo la alta.

En la montaña no hay dos árboles iguales, dije, y nadie piensa que un árbol es feo.

Mirá, nosotras pasábamos a despedirnos.

Nos vamos, apuntó la baja.

¿De viaje?

Terminamos nuestra misión acá.

Nos volvemos a nuestra tierra.

¿Allá al campo chato?

Sí.

Pero en el Salón del Reino siempre te estaremos esperando.

¿Qué hay en el Salón del Reino?

Hermanos, personas que encontraron el camino.

¿Y por qué no suben ellos a la montaña? ¿Por qué no hacen su reino en las alturas?

¿Qué van a hacer acá? ¿Convencer a los insectos?

Los insectos ya están convencidos, dije.

Acá te revolotean los bichos, dijo la alta, En el Reino te revolotean los Ángeles.

Y si a mí se me aparece un ángel, ¿cómo voy a reconocerlo?

¡Qué se te va a aparecer!, dijo la baja, Los Ángeles no se le aparecen a una mujer como vos. Pero nosotras te queremos, porque el Señor nos lo pidió, dijo la alta, Allá en el Salón todos saben quién sos, la mujer salvaje, la montañera, te están esperando.

¿No me van a hacer mala cara?

No si vas arrepentida, no si agachás la cabeza. La puerta al Reino del Cielo es ancha pero baja. Para entrar hay que agacharse.

Yo soy alta, dije.

Pero en el corazón no sos más que una niña huérfana.

Mi madre se fue a morir a la ciudad, dije.

Pero tu Padre, en Su infinita misericordia, te está esperando.

¿Y cuándo se vuelven ustedes a su tierra chata?

Pasado mañana, dijo la baja, Y nos vamos con el corazón contento.

Andate vos también, rogó la alta, Andate de acá, escuchame.

Si yo me voy de acá, ¿quién va a cuidar el alambre?

¿Vos qué sabes de electricidad?, dijo la baja, con la voz molesta, desdeñosa, ¿Te creés relámpago? ¿Te creés trueno? Solo el Señor habla con esa voz. Andate, ¿no ves que el Diablo habita en estos charcos, se esconde entre los espinos, hace guarida en las grietas? ¿No olés su aliento a podrido?

¿Acaso la ciudad roja no tiene sus propias grietas?, dije, ¿sus propios picos, sus propios efluvios?

Buscá la certeza del campo chato, dijo la alta, Abrite a la misericordia del Señor. Dejá que Él te cure.

¿Él va a curarme esta pierna?

Cuando el espíritu se cura, el cuerpo sigue.

Mirate nomás, dijo la baja, ¿No ves hasta dónde te trajeron tus malas decisiones? Parecés un carpincho.

Esta es mi casa, dije, De acá nadie puede sacarme. Ni el señor ni nadie.

Sos un caso perdido, dijo la baja.

Sos un fruto marchito, dijo la alta.

Les voy a contar algo, dije, A mí me gusta el gris.

Ellas abrieron los ojos, escandalizadas. Parecía que todo en mí les daba miedo.

¿Ustedes saben de qué color es el mar?

Azul, dijeron en coro.

No. El mar es del color del cielo. Y acá las lagunas son grises. Acá el viento se ve. Acá, en el bosque de niebla, yo puedo entrar al cielo, verlo por dentro y saber lo que hay. ¿Y ustedes saben qué hay en el cielo?

En el Cielo está el Señor, cantó el coro.

No, en el cielo hay arbustos, huevos y gusanos. Hay árboles y piedras. Ustedes le temen al paisaje, dije, y hacen bien. La montaña es violenta. De un paisaje así de violento no pueden salir sino hombres violentos. Los cría el paisaje.

¿Cuánto hace que estás sola y que no hablás con un ser humano?, preguntó el coro.

Los hombres hablan mucho, dije, pero solo usan la lengua para quejarse.

Los hombres hablan para diferenciarse de las bestias...

Y yo: Los hombres hablan para no sentarse a mirar.

Lo que hay para mirar está adentro, gritó el coro, Es la morada del Señor.

Y yo: Lo que está adentro es lo mismo que está afuera, pero los hombres quieren comerse el mundo.

¡No seas boba! (Era la baja otra vez. Todo su cuerpo se había indignado), ¡El mundo quiere comerte a vos!

La alta sacudió la cabeza y dijo: Sos un caso perdido. Dios sabe que lo intentamos todo con vos.

Agarró sus zapatos y empezó a calzarse. La baja la siguió y buscó los suyos.

Dije: Ya saben dónde queda la puerta.

El día en que el fuego brotó de mí, había estado en la fábrica de vidrio. Volvía satisfecha, con la certeza de que esa mañana comeríamos un buen desayuno. Más tarde despertaría a mamá, le colocaría las almohadas detrás de la espalda, ventilaría el cuarto y le pondría el plato humeante sobre la falda. Ella se negaría al principio y luego se iría metiendo algún bocado a regañadientes, odiando la vida, pero también temiéndole a la muerte. Pasaba días sin comer y los lunes amanecía llorando y haciéndole promesas al cielo. Pedía y pedía ayuda, pero si a mí se me ocurría reprocharle algo, ella me retrucaba: ¿Qué te metés, mocosa? No me vengas a arruinar la vida.

No comés desde el viernes, decía yo, No te lavás desde el sábado.

Dejame quieta, querés. ¿Qué te importa lo que yo haga si a vos te sale gratis?

Mi madre nunca pagaba por las botellas que traían los hombres y el licor le quitaba el hambre. El licor, decía mi madre, es bendito. A veces ella me entregaba la plata y no pedía nada, pero otras veces me mandaba a comprar cosas inútiles: medias cancán, fragancias, colorete, broches, y decía: Con lo que te sobre comprate algo lindo. Yo compraba huevos, queso, pan. No era raro que alguien le robara la plata que ella escondía en la funda de la almohada, o que ella misma no pudiera recordar dónde la había guardado.

¿No te la di a vos?

Yo le aseguraba que no, pero ella decía: Si me entero de que me estás robando te mato, ¿entendiste? Robarle a tu propia madre...

La puerta se abría y se cerraba todo el fin de semana. Los lunes de madrugada yo entraba muy en silencio y recogía todo. Era la mejor cosecha. Casi siempre caminaba hacia la fábrica sintiendo el alivio de los días que se avecinaban. Sin visitas, con mi madre mansa, dominada por ese malestar del cuerpo y del espíritu que la acercaba al agradecimiento.

¿Hay comida?, preguntaba.

Sí, yo compré.

Traeme algo blando, y yo le alcanzaba un sánguche de miga.

Le dolía la boca, se le abrían heridas en la lengua, pero esos días tranquilos se alimentaba sin resistencia.

Este viernes no dejes entrar a nadie, decía, ¿Me lo jurás?

Yo juraba, pero cuando llegaba el viernes ella ya estaba vestida y pintada, con el pelo limpio, nerviosa, moviendo las manos, moviendo la boca, riendo como si tuviera pulseras en lugar de dientes, y ya no se acordaba de su pedido ni de mi juramento. Me mandaba a callar la boca. Decía:

Nadie te pidió tu opinión.

En cuanto llegaba el primero yo salía para el pajonal, que con el tiempo se había convertido en el lugar donde las parejas iban a besarse. Me sacaba los zapatos, caminaba descalza sobre las espinas, las tapitas de botellas y los vidrios rotos que iban acumulándose entre los pastos. Sentía cada corte en los pies como una sonrisa. Si me encontraba con alguna pareja les pasaba por encima sin tocarlos. Ellos me insultaban, me pegaban un empujón y entre risas seguían con lo suyo.

Ese lunes yo volvía de la fábrica de vidrio. Hamacaba la bolsa de monedas y canturreaba una propaganda pegajosa de la radio. Había canjeado veinte botellas. Veinte botellas no era mucho para los recicladores, caracoles gigantes que podían colgarse a la espalda un saco tres veces más grandes que ellos, pero alcanzaba para unas cuantas monedas. El almacén no abría hasta las diez, así que iba sin apuro, *haciendo tiempo*, algo muy común en aquella época y que todavía hoy me parece lindo. A esa hora el viento se quedaba quieto y podías oír el golpe de los postigos, el tintineo de la loza, el tenedor batiendo huevos y la efervescencia del aceite. Apunté mentalmente: comprar aceite. El que teníamos se veía marrón y espeso como limo dentro del viejo tarro de mermelada. Tampoco quedaba sal, pero no valía la pena gastar en eso: la sal te la daba alguna vecina. Yo rotaba de casa en casa, y si le pedía un poco de azúcar a una, por un mes no volvía a pedirle, así se iba olvidando. A veces alguna soltaba la lengua: Decile a tu madre que salga a trabajar, o decía: Mujeres así no deberían tener hijos. Yo me hacía la boba nomás, y cuando llegaba a casa metía la puntita del dedo en el aceite hirviendo (una vez hasta se me cayó la uña) para recordar cómo se sentía el orgullo.

Iba distraída con mi bolsa de monedas, saltando cualquier muro, cantando «adiósardor, adiósardor, adiósardor», que era el *jingle* del champú, cuando noté los papeles pegados en los postes. No era raro: en los postes se pegaba mucha cosa. Ofertas de servicio, carpintería, gente que arreglaba electrodomésticos, mujeres que cosían, zurcido invisible y de todo un poco. Pero este cartel me llamó la atención por el dibujo del guerrero. Cuando me fijé bien vi que estaba por todos lados. Habían empapelado el pueblo de la noche a la mañana. Me acerqué a uno y leí: «Amarres. Recupero al ser querido» en letras rojas y azules con la foto del arcángel Gabriel empuñando alto una espada, las alas desplegadas y blancas, mullidas como nubes, y en la otra mano una balanza de la justicia. Con el pie, el arcángel sometía a un demonio de alas negras y finas como las de un murciélago.

ANGÉLICA
AMARRES Y DOMINIOS
DE AMOR
RECUPERO AL SER QUERIDO
CON SOLO NOMBRE Y
APELLIDO
ENFERMEDADES DESCONOCIDAS
ARREGLO LA SUERTE

La mujer era nueva en el pueblo. Había llegado de la ciudad con mar y tenía un hijo chiquito que andaba descalzo por ahí, sin miedo al frío ni a nada. Me acuerdo de que pensé: si tanto arregla la suerte, ¿por qué terminó en este pueblo? ¿Por qué no se amarró a una casa en el mar, lejos de todos los hombres?

Mi madre y yo permanecíamos amarradas por el cordón del odio, y yo quería soltar ese amarre. Vivía con ella, pero era como si viviera con un ataúd abierto en la sala. Mi madre había cambiado el llanto por las carcajadas, pero también por insultos. En mitad de la noche se oía un ¡Desgraciado!, ¡Mugriento!, y si alguna botella estallaba contra el piso, yo pensaba: una menos. Hasta empecé a dejarle piedras sobre la mesita, así como de adorno, para que ella manoteara las piedras y las botellas se salvaran.

¿Cómo desamarrarme de mi madre?

Aquel pensamiento agitó la llama del veneno, que ardió un poco más fuerte.

Cuando llegué al almacén todas hablaban de eso: los carteles en los postes. Muchas querían recuperar a algún ser querido: les faltaba un hijo, un padre, una hermana. Una contaba que en la ciudad roja había un montón de mujeres como Angélica. Dijo: Allá a nadie le parece raro. Ella quería amarrarse a un hijo que se había internado en el monte y nunca más había bajado. ¿Y si el amarre se lo traía de vuelta? La almacenera se santiguó. Pedí pan, queso, fiambre y aceite. Dejé caer todas las monedas sobre el mostrador y ella ni se preocupó por contarlas. El asunto de los amarres la tenía alborotada. Nadie, al parecer, quería desamarrarse.

Habrá que ver si eso está permitido, dijo la almacenera.

No se pierde nada con probar, dijo la otra.

¿Me da seis huevos?

Habrá que preguntarle al párroco.

¿Me da un jabón en barra?

Si le preguntás, te va a decir que no.

¿Me da una cebolla morada?

Al llegar a casa encontré a mamá sentada en la cama dentro del cuarto oscuro.

¿No abrís los postigos?, le dije.

Empujé la madera hinchada y los postigos chocaron al mismo tiempo contra la pared, un estallido que vino acompañado de un golpe de luz. Mi madre se tapó la cara con el brazo.

Traje huevos, dije.

No tengo hambre.

Algo tenés que comer.

Vení, sentate acá, dijo mi madre, y levantó un poco la cobija.

Me acerqué, no muy convencida:

¿Qué pasa?

Nada. ¿No te puedo pedir que te sientes un rato?

Me senté sobre la sábana húmeda por la inmundicia de los hombres. Miré alrededor. Una botella había rodado en el suelo y el culo verde y grueso asomaba bajo la mesa de noche. (Macana, me la perdí).

Traje huevos, pan y queso, dije, Y traje jabón para que te bañes.

Ella no contestó. Miraba hacia el televisor apagado, y entre nosotras y el aparato se interponía un enorme rayo de sol en el que bailaban infinitas motas de polvo. Con la mirada fija hacia adelante me pareció que mi madre estaba entendiendo algún mensaje en ese polvo dorado.

¿Querés que te prenda la televisión?

Ella giró la cabeza y me miró. Dos círculos negros le empozaban los ojos.

¿Qué te pasa?, dijo, ¿Por qué sos así? ¿Por qué tan chúcara? Siempre. ¿Por qué tan arisca?

¿Qué querés, mamá? ¿Te prendo la tele? ¿Te acomodo las almohadas?

No quiero nada.

El vaho de su aliento me llegó como el olor del río que bajaba a la ciudad roja, el vertedero del mundo. Ahí pensé por primera vez: ya está muerta y no lo sabe, pero dije:

¿Qué hacés mirando el polvo?

Y ella: Quiero mirar el polvo, ¿no puedo? Quiero mirar el polvo con mi hija.

Volvió a girar la cabeza, con un movimiento de bisagras oxidadas, y otra vez se quedó con los ojos fijos.

Las dos miramos hacia adelante.

Las dos miramos el polvo.

Al rato rompió el silencio y preguntó:

¿Vos cuántos años tenés?

Quince, dije, Quince o dieciséis.

La señora Gloria te va a conseguir un trabajo.

Hace rato que viene diciendo lo mismo.

Calladita. ¿Vos te creés que la patrona no tiene nada más que hacer que ayudarte a vos? Cuando te lo encuentre, ella te va a llamar.

¿Y adónde me va a llamar, a ver?

Seguimos mirando el polvo hasta que el sol se movió y ya no entró por la ventana. Más tarde prendimos la tele y nos reímos con el programa de la cámara oculta.

Mirá que es boba la gente, dijo mi madre.

Nos reímos como nunca ese día, mientras el fuego iba haciendo presión en mis venas, avivado por esa unión entre mi madre y yo, el amarre que nos obligaba a reír sobre un colchón hediondo, la breve felicidad. Una ilusión que bebía del río contaminado. Yo no podía ni quería permitirme esa ilusión. Pero reía. No me daba cuenta de nada. Era tan joven. Y sin embargo ahora pienso que ya tenía todo lo que iba a necesitar, solo que dormido, a la espera de un conocimiento que aún no había llegado.

Me paré de la cama. Fui a la cocina e hice los huevos, tosté el pan, dejé que el queso se derritiera sobre las tostadas mientras las risas de mi madre se mecían como olas. Traían la ilusión y se la llevaban. Iba a estar bien: si comía estos huevos y este pan, y si se duchaba con buen jabón, con champú y crema para desenredar ese pelo. ¡Yo quería tanto vivir!

Volví al cuarto y ella no levantó la cara para mirarme. Era como si todo su ser se escapara por la boca, en forma de sonido, y se fugara por la televisión. Se carcajeaba de lo lindo. Me senté y le pasé el plato. El aire se había renovado pero entre el revoltijo de sábanas asomaban manchas amarillas.

Le dije: ¿Sabías que la nueva empapeló todo el pueblo?

¿Qué nueva? ¿Qué papeles?

Angélica, dije, Hace amarres y voltea la suerte.

Mi madre untó un pedazo de pan en la yema líquida del huevo. En la tele había empezado una película. Un hombre encerrado dentro de una cabina telefónica intentaba abrir la puerta, golpeaba el vidrio, pero nadie le abría.

¿No hay café con leche?

Hay, dije, Las vecinas andan comentando que el párroco prohibió los amarres.

Mi madre levantó los hombros. No le interesaban esas cosas. Odiaba a las vecinas y también odiaba al párroco.

En la cocina calenté la leche, colé la nata, puse bastante azúcar.

Todo el día estuvo mi madre metida en la cama mirando televisión. Reía con cualquier programa. No me dejó cambiarle las sábanas ni limpiarle el cuarto. Si yo le hablaba de cualquier cosa, ella se encogía de hombros: no le interesaba. Me insultaba si se me ocurría pasar por delante del televisor, pero también decía: Vení, hija, sentate acá. Pará de hacer cosas.

Yo no quería sentarme.

¿Cuándo va a conseguirme el trabajo la señora Gloria?

Ella levantaba los hombros.

¿Cuándo te dijo que me lo podía conseguir?

Anocheció y cerré los postigos. El viento empezaba a bajar del monte.

Mi madre se quedó dormida y un charquito de baba oscureció la almohada. Apagué el televisor, pero cuando estaba saliendo del cuarto ella me llamó. Me acerqué a la cama y mi madre habló con los ojos cerrados, las palabras patinando en el sueño.

El viernes no dejes que entre nadie, dijo, y muy rápido atrapó mi mano, la aferró como si se tratara de un picaporte: ¿Me oíste? Esta vez es verdad.

Yo retiré la mano y la suya cayó fláccida sobre la cama.

No sé cuánto estuve en la cocina mirando la llama, naranja abajo, azul arriba, danzando con la alegría de los cuerpos libres. Pasé la mano sobre la llama y sentí que mi mano quemaba más que el fuego. Agarré la llama con los dedos (pero la llama nacía de mí) y como quien carga un pichón caído volví a la habitación de mi madre. Mi cuerpo iluminaba la oscuridad y la contagiaba de su calor. En esa penumbra, el contorno de mi madre bajo las mantas trazaba un relieve de montaña. Una chispa brotó de mi mano y se derramó sobre la cama. La vi dar una voltereta en el aire y aterrizar sobre la frazada. Una llama débil se encendió, pero no parecía tener fuerza para arder. Fue como decir: Mi mano está ahí, mi oreja, mi lengua, brillando con luz propia. Yo misma había hecho combustión y sentía el alivio de una cabeza despojada de pensamientos. Un cuerpo limpio de veneno: sano, joven. Tenía todo por delante.

Salí del cuarto y de la casa. Cuando miré atrás, la casa seguía oscura, confundiéndose con el cielo.

Esa noche dormí en el pajonal. No había amantes, solo basura y algunos parches de juncos aplastados que ya no recordaban la forma del amor. Ahí me acurruqué. No tuve frío, me calentaba mi propio fuego, y al amanecer, cuando me despertó la luz, miré hacia la casa que seguía en su lugar como salida de un sueño. Pensé: hay pan, hay huevos, hay queso. Tenía mucha hambre y el corazón tan liviano como una pelusa. De lejos noté que la puerta estaba abierta. En el cuarto de mi madre no encontré más que la cama revuelta y sin mantas. Una almohada chamuscada en el suelo.

Me hice un sánguche y esperé. Nadie vino. Por la tarde fui al quiosco y llamé al número de la señora Gloria que mi madre tenía bajo el vidrio de su mesa de noche, junto a las estampitas de los Santos.

Le dije a tu madre que me llamara y nunca me llamó, dijo la señora Gloria, Pensé que se habían ido para algún lado.

Mi madre se fue, dije, Creo que está muerta.

La señora Gloria insistió: Tu madre me dijo que me llamaba y yo me quedé esperando. ¿Cuántos años tenés ahora?

Dieciocho, dije.

Dejame ver qué consigo.

Colgamos, y en el quiosco oí a las vecinas hablar sobre Angélica. Habían entrado a su casa por la noche. Lo que se rumoreaba era que la amante de un tipo de la iglesia lo había mandado amarrar y que después, asustada, terminó confesándolo. En la pared de la casa de Angélica habían escrito: Nadie le da órdenes a Dios.

Todo roto, todo destrozado, dijo una vecina.

No me quedaba claro si Angélica estaba viva o muerta. De lo único que se hablaba era de la casa: ni el colchón ni la taza de baño ni la grifería.

Todo arrancado de cuajo.

Todo hecho añicos.

Ni los pocillos. Ni las patas de las sillas.

Todo quebrado.

¿Y el niño?

Nadie hablaba del niño.

Todo hecho trizas: la ropa cortada con tijera, las cortinas, las toallas.

Habrase visto.

Qué injusticia.

De a poco fui volviendo a las tareas de la casa. Trataba de no pensar en la Revivida ni en mi pecado de orgullo, mientras la temporada seca se iba llenando de insectos y pájaros. El sol pegaba en el monte, cegándome con sus reflejos. La acacia florecería pronto. El bosque de niebla se había replegado hacia la cima y allá iba a quedarse, encogido y sediento. Todo reventaría de color por unas semanas, anegaría el aire de olor dulce antes de que la nube nos hundiera otra vez en su aliento húmedo. Volví a coser. La ropa me colgaba del cuerpo y había tenido que atarme el pantalón con hilo sisal. Hambre no tenía, digámoslo así. Si comía era por costumbre. La pierna negra, rígida, no me molestaba, la arrastraba como a un pedazo de cuerda. Vagaba por el jardín creyendo oír a la Revivida en el vuelo de una mosca. Arrancaba cabitos de maleza para clasificarlos. Los pegaba sobre la hoja con cuidado, como si fueran los cabellos de la Revivida. Como si fueran pestañas. Pero ellos se iban secando y en un abrir y cerrar del cuaderno se desmenuzaban.

Veintiún días la había forzado a respirar solo para saber qué se sentía: hacer nacer, traer al mundo. Decir: fui yo. Mío, mío, mío. Y cuando ella se salía por el talón, a veces yo le echaba una toalla fría sobre la frente y la obligaba a volver al cuerpo, o le chorreaba una aspirina entre los labios y la embutía a las malas. Que nadie pidió nacer nadie pidió.

Ni yo tampoco.

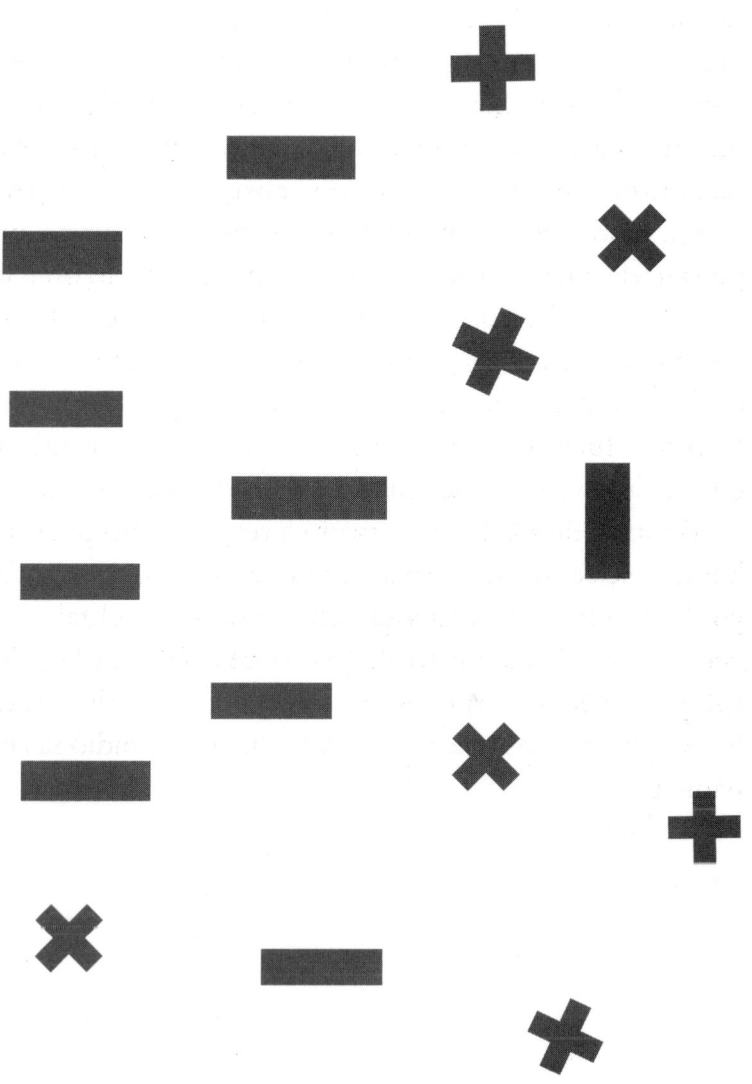

Hay sonidos que no se olvidan aunque no los escuches en años. Por eso reconocí de lejos el runrún de las camionetas. Primero un murmullo de fogata, después el temblor en el camino como diciendo: vienen. Yo supe, las camionetas del dueño. Dejé lo que estaba haciendo y salí al jardín. Me paré a esperarlos. Cuando ya estaban cerca y se oyó clarito el freno de mano, clac, y las puertas, pum, les di la espalda y fingí no haberlos visto. La maleza me llegaba a la rodilla. De espaldas oí los pasos de los hombres en el camino, el crujido de sus botas en la tierra suelta. No sabía cuántos eran. Dos, tres. Calculé mal. Algo importante debía de estar pasando. Cuando me giré a recibirlos, al primero que vi fue al hombre de la montaña, quiero decir, al mío. Te había estado esperando. No. Me equivocó el instinto. A él no me lo esperaba, había dejado de esperarlo años atrás. Me equivocó lo que creí saber sobre el dueño de la montaña, sobre la patrona de mi madre. Las promesas. Eso sí no me lo esperaba y ahí estuvo el fallo.

A la desgracia siempre hay que andarla esperando.

El hombre de la montaña, el mismo que yo había visto con mis manos y tocado con mis ojos, cuando aún era una muchacha, estaba de pie en la puerta de mi casa junto a otros tres (el cuarto un poco más atrás, hundiendo las botas en la parcela del huerto). El hombre que acaricié con mis dedos de cardo me miró como a un arbusto, sin odio ni expresión ninguna, como si nunca me hubiera visto antes. Creí que tal vez no me había reconocido, flaca como estaba, con el pelo largo hasta la cintura, enmarañado de meses sin pasarle el cepillo, la pierna negra y rígida, la piel surcada, los dientes amarillos, bailando en las encías. Pero pensé: la voz no envejece, y dije:

¿Qué se les ofrece a los señores?

Él no dio signos de reconocer tampoco mi voz. El que habló fue otro, un gordo con la cabeza diminuta y temblorosa.

Mirá che vos, dijo, Acá no queremos locas, no queremos raras.

El tercero asintió. Tenía las orejas carnosas y retorcidas como muñones. Pero el Cabeza de Pajarito daba la impresión de ser el único habilitado para dar el mensaje:

Andan diciendo por ahí que hablás en lenguas, que no se te entiende lo que decís.

¿Yo?

Sí, vos, no te hagás. Mirá, te voy a decir algo: tenés hasta el amanecer para rajarte de acá.

Esta es mi casa, dije, Yo cuido el alambre, cuido el portón.

El de las orejas carnosas soltó una carcajada, pero el Cabeza de Pajarito lo hizo callar y con un gesto llamó la atención del hombre-que-fue-mío.

Explicale vos, dijo, Explicale a la loca esta.

Él se adelantó y me agarró del pelo. El manotazo fue tan veloz y tan fuerte que me hizo caer de rodillas. Los otros, detrás de él, reían con ganas.

Tenés hasta que salga el sol, dijo, Y ni se te ocurra volver por acá. ¿Entendiste?

Yo intenté mover la cabeza para decir que sí, pero el pulso firme en mi pelo no me dejaba.

Vos sos jodida, dijo, Pero no me obligués a volver.

Con la cara levantada a la fuerza vi sus ojos blancos vertiendo una luz sucia. La sombra de su cuerpo caía sobre mí. Yo lo veía a él como a un bejuco. No recordaba qué había amado en esos brazos ni en esas piernas que ahora me postraban en la tierra. Pedí a la montaña:

prestame tu debilidad, porque ella también soportaba las pisadas.

El cuarto hombre, el que se había mantenido más atrás, dijo:

Llevemos a esta también para la máquina, dale.

Y los otros dos apoyaron: Ahí va che. Traete a la loquita esta.

Pero el hombre-que-nunca-fue-mío, todavía sujetándome del pelo, hizo un gesto con la mano libre y escupió a mi lado, casi sobre mis rodillas.

Nah, dijo, Esta ya aprendió.

Y en ese momento pegó un último tirón muy fuerte del pelo y lo soltó de golpe, de modo que caí de boca y en la lengua sentí el sabor de la tierra. No me moví ni los miré. Me quedé escuchando sus pisadas, el tintineo de las llaves y los portazos de las camionetas hasta que las llantas derraparon en el ripio y el runrún de los motores se fue alejando.

La nube de polvo tardó mucho en asentarse.

Las almas

Las almas salen de la tierra. Salen con las piernas enredadas. Raíz ronca, su grito ensordece a los perros. Un estremecimiento sacude la ciudad. Es el frío que baja de la montaña, dicen. Miran hacia arriba con rencor: ¿qué hicimos para nacer acá?, ¿por qué merecimos esto? Sopla, dicen, hiela. Es el viento que enloquece. Las almas vestidas de seda roja vuelan su vuelo sin cabeza. Se inclinan sobre la mujer a la que llaman la montañera: tiene una pierna de rama; barbas de musgo le cuelgan de los dientes; exhala el olor de los pantanos; hongos blancos le brotan bajo las axilas y tiene los dedos retorcidos como nudos de árbol; una mata de helecho le crece en la cabeza; la lengua, una babosa; los ojos, pequeños caracoles sin concha. La montañera se alimenta de brasas y ceniza, del sexo expulsa una lengua de colibrí —va chupando el néctar de todas las flores—, y en su corazón zumba un enjambre de abejas.

La mujer no duerme; la mujer escribe.

No hay luna ni estrellas.

Las almas chorrean dentro de sus oídos. Una por una le van dictando sus nombres como si sobre ella depositaran un pimpollo.

Al amanecer, la montaña se alista para que la mujer penetre en el follaje. La ve escribir una última hoja en su cuaderno y cerrarlo. Algunos pájaros diurnos ya entonan su canto. Las almas sobrevuelan el bosque: son la niebla que ríe. La mujer se levanta y sale de la casa. Va descalza;

no necesita machete. Atraviesa el pastizal hasta el alambre, empuja el portón y el monte se abre,

lacio,

para enseguida cerrarse sobre ella.

La montaña

La montaña fue a ver al Gran Destructor. Le preguntó:

¿Qué es el mal?

El Gran Destructor respondió: Como los arbustos, los hombres aprendieron a transformar sus hojas en espinas.

La montaña preguntó: ¿Cuál es el sentido de la vida?

El Gran Destructor respondió: Existir sin dejar huella, existir para que todas las cosas sigan existiendo.

La montaña preguntó: ¿Quién soy?

El Gran Destructor miró hacia arriba. En las nubes, la montaña se vio a sí misma, un macizo invertido hecho de picos algodonosos.

La montaña preguntó: ¿Soy hermosa?

El Gran Destructor respondió: Como la de los hombres, la tuya es una belleza difícil.

La montaña preguntó: ¿Hay algo que sobreviva al Gran Destructor?

El chirrido de la rueda, el crrr, el crac, el vaivén de los pies en la pendiente. La mujer empuja una carretilla. Sobre la carretilla va un cuerpo limpio, sin huellas de dedos excepto los de ella misma, que lo ha lavado con ahínco y lo ha envuelto en una mortaja de nailon. El cuerpo es pesado, y en el desnivel que baja hacia la quebrada la mujer tropieza. Rueda entre rocas y espinas. Su pie se dobla hacia adentro y restalla como un leño en el fuego. Un latigazo nervioso le fulmina la pierna, pero se levanta. Se sacude las hojas de la ropa y sube hasta la carretilla, que quedó medio torcida, con una rueda incrustada en el barro. El cuerpo no ha llegado a caerse; solo los brazos, en una pirueta inesperada, penden extendidos sobre la cabeza, cubriéndole parcialmente la cara como una figura que se ha quedado inmóvil justo al momento de iniciar una vuelta de carro. La mujer no se detiene a acomodarle los brazos. Tira de la carretilla y, con cada tirón, el dolor le chamusca la pierna. Ella lo ignora; solo piensa en el cuerpo desnudo bajo la luz obscena del día, la urgencia de cubrirlo con la tierra. Cuando termina la faena regresa lento a la casa; el pie palpita, pero ella seguirá ignorándolo.

El hombre manipula la máquina. La máquina decapita, corta y arrasa. La máquina aniquila el tiempo. Cuando termina, el hombre apaga el motor y va a lavarse las manos. Sueña que de sus dedos se desprende sangre y que, al secarlos, deja una huella oscura en la toalla blanca. Pero es solo polvo y barro. Se sienta a comer y bebe con los demás. No puede sacudirse la sensación de que los otros lo miran como a un intruso. Lo que se ve en la cantera debe permanecer en la cantera. Lo que se hace entre hombres debe permanecer entre hombres. Si tienen miedo, ninguno lo demuestra; se pasan las botellas recién sacadas de la neverita blanca. Alcanzaría con el agua helada que baja del páramo y congela la roca, pero deben actuar como si desconfiaran de todo, incluida la montaña misma. Temen ser expulsados del grupo como un tornillo roto de la máquina. Temen ser escupidos por esa gran boca. El hombre piensa: no me quieren acá, pero igual me trajeron, no dan abasto. Piensa: a mí me respetan por ser callado. Qué puede importarle a él lo que hagan las máquinas, a él, que nació para sobrevivir como sobreviven los perros. Ahora mismo el perrerío está ladrando detrás de la malla metálica. Los otros les tiran pedazos de carne. Juegan a embocar esos restos de grasa y hueso por los rombos del entramado metálico o por encima; quién lo tira más lejos. Y los perros saltan con toda la fuerza de sus cuartos traseros, disputándose el alimento, brillando como navajas en el momento exacto en que quedan suspendidos en el aire.

Una hoja de yarumo cae girando como el aspa de un molino. Hace un surco en el aire y ese soplo alcanza a desprender un trocito de corteza de un roble cercano. La corteza cae al lado de un insecto. El insecto se la echa al lomo y la carga —tres veces su peso— hasta el nuevo nido, donde la coloca entre palitos y semillas. Desde su posición en la pared del nido, la corteza es testigo de cientos de huevos que explotan como estrellas. La hoja del yarumo toca tierra, por fin, y ahí se queda, haciendo de refugio a las arañas. Con el paso de los días se irá cerrando como una mano que intenta arar la tierra. La corteza aprende a amar a los insectos. Ella no es más que un cúmulo de células muertas, y aun así protege lo que recubre. Los insectos cargan y descargan. El movimiento frenético de sus cuerpos abisma a la corteza vieja, que se ha vuelto blanda y esponjosa por las repetidas lluvias.

Ya no recuerda cómo se sentía la lealtad al árbol.

Las mujeres de Jehová despiertan en su cama. La alta tiene los pechos escurridos. La baja recorre con la lengua la parte interna de sus mejillas, palpa las aftas redondas, blancas y brillantes. No se saludan; fingen no estar durmiendo una al lado de la otra, no haber tocado la piel tibia en mitad de la noche, como salidas de un sueño hermoso.

La alta retira la frazada, que deja escapar su calor, y se hinca en el suelo. Duelen los huesos puntiagudos contra la baldosa fría. La baja también rueda de la cama y se hinca de su lado, sobre un tapete chico de hebras ásperas. Tiene pequeñas peladuras en las rodillas. Las mujeres le confían a Dios sus rodillas, sus huesos, sus aftas, sus ganas de que una mano nocturna les roce la nalga y sin querer se hunda en la humedad de sus labios. Dios bueno, ¿por qué me hiciste así? Dios traicionero, ¿dónde quedó tu misericordia? Apiádate de mis encías, de mi dolor lumbar. Llena mis pechos escurridos como dos coladores de tela. No me permitas amar así. Aleja esa lengua mojada de entre mis muslos secos. (Es solo un sueño). (Arráncame estas pesadillas).

Amén.

Amén.

La jauría está echada sobre la hierba junto al entramado metálico donde empieza la cantera. Mastican. Si uno bosteza, el otro también. Y el otro y el otro, como una ola de reconocimiento que se extendiera entre sus cuerpos.

Lo hacen para comprobar que están juntos.

El dueño de la montaña despierta en su casa al borde de la ciudad roja. Su mujer le trae un jugo de naranja y le pregunta si quiere huevos. Él no la oye. Ni siquiera recibe el jugo, lo deja sobre la mesita, donde su mujer lo apoyó, y manotea los pantalones. Te pregunté si querés huevos. Él volvió tarde de la cantera, noche cerrada, y cuando llegó solo el perro se levantó a saludarlo. ¿Me oíste? No, tiene que volver a la cantera. Ayer quedaron cansados. Se acostó creyendo que se habían divertido, sus hombres y él, pero ahora siente otra vez el coletazo del hastío. No comés nada, no dormís. Imposible erradicar ese aburrimiento profundo, poco importa lo que haga. ¿No vas a ducharte? Su mujer está envuelta en una bata de seda. Algún día, si no lo matan, podrá disfrutar de todo esto. La luz se abre paso por el ventanal; la alfombra le acaricia los pies. Pero no le interesa tanto disfrutarlo como tenerlo. Le consuela pensar en términos de propiedad: sus hombres, sus máquinas, su mujer. Te estoy hablando. ¿No vas a comer nada? El dueño mira por el ventanal hacia la montaña, tan quieta, tan sumisa.

Y a lo lejos: los huesos de aquella liebre húmedos de llovizna.

Los huesos de aquella liebre secos bajo el sol.

Los huesos de aquella liebre delgados como una corteza de eucalipto.

Los huesos de aquella liebre buscando la tierra entre la pinocha.

El polvo de aquellos huesos hecho memoria de liebre.

Nota de la autora

Escribí *El monte de las furias* en Bogotá, entre agosto de 2020 y septiembre de 2023, en compañía de los cerros orientales. Este libro es también por ellos. Los bosques de niebla son los responsables de filtrar cerca de la mitad del agua disponible para nuestros embalses. Son la casa de decenas de especies endémicas de flora y fauna. El bosque de niebla está amenazado por presiones antrópicas como la tala ilegal, la ganadería y la urbanización, y por el cambio climático. Solo el 2,5% de los bosques tropicales del mundo tienen niebla perenne.

Gracias especiales a mis amigas y colegas que leyeron, comentaron y apoyaron amorosamente este libro (ellas saben quiénes son). Gracias a Fernanda por mucho más que la foto y a Camilo, siempre, por la fe. El último fragmento de la página 123 está tomado y adaptado libremente del *Popol Vuh*.